见字如面

70后诗人手稿

余 丛◎编

暨南大學出版社
JINAN UNIVERSITY PRESS

中国·广州

图书在版编目（CIP）数据

见字如面：70 后诗人手稿 / 余丛编. —广州：暨南大学出版社，2013.1
ISBN 978-7-5668-0443-3
Ⅰ. ①见… Ⅱ. ①余… Ⅲ. ①诗集—中国—当代 Ⅳ. ①I227
中国版本图书馆 CIP 数据核字（2012）第 297722 号

出版发行：暨南大学出版社

地　　址：中国广州暨南大学
电　　话：总编室（8620） 85221601
营销部（8620） 85225284 85228291 85228292（邮购）
传　　真：（8620） 85221583（办公室） 85223774（营销部）
邮　　编：510630
网　　址：http://www.jnupress.com http://press.jun.edu.cn

责任编辑：杜小陆　杜晓杰
责任校对：黄　斯
排　　版：弓设计
印　　刷：深圳市新联美术印刷有限公司

开　　本：850mm×1168mm 1/32
印　　张：5.875
字　　数：120 千
版　　次：2013 年 1 月第 1 版
印　　次：2013 年 1 月第 1 次

定　　价：38.00 元

序言：向传统“手写”致意

1

在当今电脑普及的“无纸化”时代，我们离“手写”越来越远，更多的时候，我们习惯了在键盘上“打字”。不管是拼音输入法，还是五笔输入法，都在潜移默化地改变着我们的思维方式。既没有了象形，又不能够会意，打字就是一种新工具。这样的书写，把人置身于程式化状态，同时，从光标里跳出的字也丢失了书写者的体温。

借用诗人辛波丝卡的话，“艰巨的任务总是找上诗人”，当然，这也是一种自嘲。编选这样一本“70后诗人手稿”，我更多的是想通过诗人或者诗歌这个链条，接驳偏向于“慢”的一种生活态度或价值观。由于越来越快的生存状态，不可否认，我们在精神层面失去的比获得的要多。不客气地说，快节奏就形同慢性自杀。快是粗线条的，只是生活的轮廓，因为对快的追逐，我们忽略掉了许多细节。放慢就是为了获得更多的感受，“手写”就是慢的，这是一种形式，相对应的是“打字”。没有了慢，即使抓住了快，快也会转瞬即逝。

快是思想者的敌人。诗人本身就是慢的，对快有着天然的排斥和拒绝。灵感的等待，诗意的发现，以及语气方式，这些都是细工慢活的结果。诗人习惯于把诗写在纸上，而不是在键盘上，这是由他们的手艺决定的。让我们重返到“手写”当中去，为了有温度的诗歌。手写就是一次近乎完美的对慢生活的演绎，是心手相连、通电的写作。读读这些诗人手稿，我们会自然地找到不同的感觉……在我看来，想谁了就去读读他的手稿吧，这就是“见字如面”。

2

就我个人而言，在构想、征集并编选手稿集的过程中，还是有一些想法的。选择策划这样一部“70后诗人手稿”，仅是我心目中计划的一部分。作为70后诗人中的一员，这个身份利于我对同代人的手稿进行征集，并支撑起我编选本书的信心。其次，今天的70后诗人正处于代际上的夹心层，是从“手写”到“打字”的直接践行者，他们经历了挣扎和适应的过程。70后诗人是对“手写”有记忆的一群，同时又适应了“打字”这一操作工具。而60后以前的一代，可能会有过在电脑前徘徊的经历，而新一辈的80后和90后基本都是直接进入打字时代，因此，70后在这个背景下具有承启的作用。

未来如果有新的可能，我想继续编选中间代诗人、第三代诗人的手稿，直至实现朦胧诗一代诗人的手稿选编，这基本上就把当今诗坛的诗人手稿囊括一空了。将它们分卷编选，当作一个系统工程来做，对当代诗歌而言还是很有意义的。就算是把诗歌手稿当作非物质文化遗产来传承也不错，长久来看具有一定价值。总之，我会把它当作一项任务来做，看作写诗之外的一件有意思的事，并感受其中的乐趣。当然，别人也可以来做，我希望有更多的人参与进来做这个事，或许别人会比我更适合，还能做得更好。对于这部《见字如面：70后诗人手稿》，启发也好，抛砖引玉也好，都只是开始。

3

这些手稿有些是从诗歌练习本上直接撕下来的，有些是诗人们被动地为“手稿”而重新抄录的。不管怎么说，刻意也好，随意也好，在这个“打字”的时代，“写字”似乎已变成一件专业的事了。即使是诗人，今天还能存有一份手稿，也会比写一首诗更有难度。这些诗歌手稿，潦草的、涂鸦的、工整的，甚至一笔一画的，无不带着诗人的体温和气息。正是这样的抄写，让诗歌有了别样的温度。或许这并非是一次展览，而更像是一次行为。这些70后诗人只是这次手稿集的参与者，他们用抄写自己诗歌的方式，来重温我们久违了的“手写”。

换个角度来看，曾经是寻常之物的“手稿”，今天却逐步演化成了稀有之物。这是时间的奥妙，也是空间的异化。新事物的生成与旧事物的消亡，将是社会进化的永恒规律，而手稿也行将是被历史尘封的一部分。“70后诗人手稿”不完全是为了怀旧，不单纯是对岁月的一份留存，也可以作为新的艺术形式来看：手抄与心境的瞬间相遇，诗意与字迹的意外交融，以及陌生感的发现和新鲜感受。既可从手书中展现字形的变化，又能从字形中演绎出诗人的个性。诸如此类，需要的是发现，也可以是见仁见智的。诗人黄礼孩对这些手稿的评价，总结得非常到位，他说这“是对传统手写的致意，也是对70后诗人笔迹的整体展示”。我想这已经足够了。

4

70 后诗人手稿从征集到编选，用了将近半年的时间。我是在2012年2月初向朋友征询意见并开始征集手稿的，诗人名单也由几位诗友推荐，约稿方式通过电子邮件、电话和手机信息，也没有大张旗鼓地公开征集，而是限定在一个小范围内。到4月底，征集到30多位诗人的手稿，便策划做了个小型展览。手稿征集当中，得到诗友的广泛支持，相互打招呼也是一种信任。在手稿展之后，我又专门做了手稿的补充，但还是不可避免地留下许多遗憾。入选的诗人也许并不全面，遗漏了一些70后代表诗人，但也只能如此。对我而言，已经尽力了。

从手稿征集到编选成书，我特别要感谢诗人朵渔、育邦、黄礼孩、阿翔、谢湘南、黑光等朋友给我提供的帮助和建议。之前的“见字如面·70后诗人手稿展”活动，还得到了中山万有引力书店的大力支持，这与书店经理廖剑涛先生的个人文化视野和经营理念是分不开的，在此致以由衷的谢意。另外，暨南大学出版社的杜小陆先生在得知我策划这个选题时，觉得这是一件非常有意思的事，并慷慨地提出由他们出版社来出版本书。这些都让我有了意外的惊喜和感激。我想，这样的一部书，更多的是一次集体的行动。

2012年10月12日

目 录

余丛 / 序言：向传统“手写”致意　001

阿翔 / 拟诗记：寂静如此完整　002

安石榴 / 村庄　004

白鹤林 / 先知　006

柏明文 / 潮汐和风　008

曹五木 / 名言录　010

陈小三 / 拉萨　012

杜撰 / 雪山现　014

朵渔 / 只有爱情……　016

方闲海 / 冬青树　020

广子 / 翅膀的哲学　022

何武东 / 城西的叙述　024

黑光 / 人生虽长　026

胡人 / 欢喜地　028

胡应鹏 / 天，使劲地蓝　030

胡子博 / 失眠者　032

黄芳 / 你知道　036

黄海 / 小镇　038

黄金明 / 路标　042
黄礼孩 / 谁跑得比闪电还快　044
霍俊明 / 九月九日别山东兄弟　046
简单 / 晚祷　048
江非 / 喜鹊　050
江离 / 南歌子　054
江雪 / 布莱恩的监狱——给朱乒　056
姜涛 / 古猿部落　058
蒋浩 / 松花江半日　060
津渡 / 在密云水库消暑　062
康城 / 东山的夜　064
李海洲 / 在成都　066
李师江 / 多想　068
林忠成 / 虚无　070
凌越 / 请来我心中筑巢　072
刘川 / 大人物的名字　074
刘春 / 女儿的朗诵　076
吕约 / 伴侣　078
倮倮 / 小世界　080
马非 / 那个人　082
马拉 / 司炉之歌　084
梦亦非 / 咏怀诗·18　086
魔头贝贝 / 相见欢　088
牧斯 / 山口道长　090
牛陷冰 / 重庆十年　094
潘漠子 / 一支牵牛花　096

桥 / 荷兰回来我只剩下一只耳朵 098
晴朗李寒 / 石头盖着雪 100
泉子 / 柚子 102
沈鱼 / 站在世界尽头 104
竖 / 落地窗帘 106
宋烈毅 / 绳子的故事 108
苏浅 / 隔壁之远 110
苏野 / 谒刘过墓 112
孙磊 / 记忆不会错失 114
谭克修 / 春天带不走的事物 116
唐朝晖 / 中国瓷，你的神迹 118
唐果 / 我把颜色给了蝴蝶 120
陶春 / 意外 122
王琪 / 轻舟已过 124
魏克 / 红色词语 126
吴幼明 / 1996的人们 130
谢湘南 / 晒筷子 132
轩辕轼轲 / 收藏家 134
阎逸 / 圆形文献 136
燕窝 / 诗人颂 138
杨典 / 诳 140
杨拓 / 渍酸菜的方法 142
杨邪 / 迷宫 144
杨勇 / 母亲 146
姚彬 / 幻：花下死 148
叶来 / 雾镇 150

余丛 / 常常十二行 152
宇向 / 街头 154
羽微微 / 墓志铭 156
育邦 / 夜读《老子》 158
远人 / 早上或傍晚的草坪 160
臧北 / 有赠 164
张尔 / 穿过 166
赵卡 / 每一寸狭窄都是浅薄的 168
赵卫峰 / 谁也不能判断风的胸怀 170
周公度 / 这么好的信 172
朱剑 / 磷火 174

《见字如面·70后诗人手稿展》前言（余丛/文　李武耀/书）

阿　翔

拟诗记：寂静如此完整

会有一些东西被淘汰，竹林高大，麻雀惊散
生活只剩下旁边
我渐渐睡了过去，寂静如此完整
甜蜜的血腥味在内敛加深，我听见耳朵长出雷
　鸣，雨点穿过茂密的树叶。
她们曾埋下青铜的晚妆，从那里预见到被蹂躏的
　命运
杂草轻拂着花衣
乳晕衬出坚挺的乳房，抵消了欢愉，“寂静如此
　完整”
是不可抑止的。梦见阶梯
仿佛挤满脚步的阴影，凝滞不动
趋于无声无息。
俯视到这样的景象
我犹豫不决地接受她们相似的热量。在我身边
并低下她们爱恋的头颅。

阿翔，生于1970年。1986年开始写作至今。著有《木火车》、《少年诗》等诗集，民刊《现代汉诗》2011年推出『阿翔专辑』。曾获《草原》2007年度文学奖、第六届深圳青年文学奖、第二届中国诗剧场贡献奖。现居深圳。

注：“寂静如此完整”是取自美国诗人杰克·吉尔伯特的诗句。

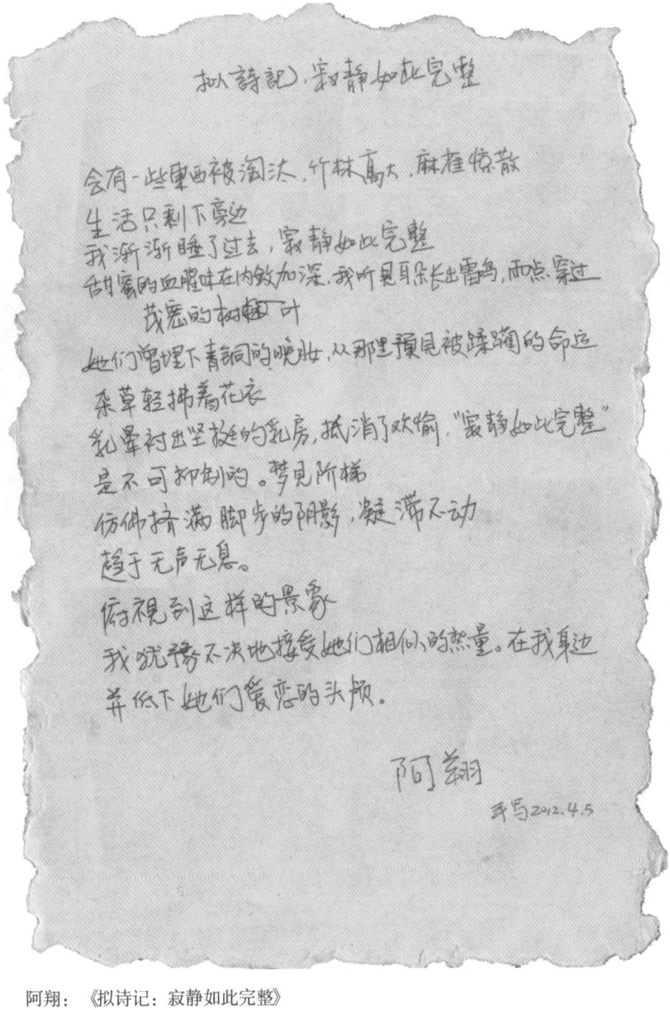

拟诗記，寂静如此完整

会有一些東西被淘汰，竹林高大，麻雀惊散
生活只剩下旁边
我渐渐睡了过去，寂静如此完整
甜蜜的血腥味在内敛加深，我听見耳朵长出雷鸣，雨点穿过
茂密的树叶
她们曾埋下青铜的晚妆，从那里预見被蹂躏的命运
柔草轻拂着花衣
乳晕衬出坚挺的乳房，抵消了欢愉，"寂静如此完整"
是不可抑制的。梦见阶梯
仿佛挤满脚步的阴影，凝滞不动
趋于无声无息。
俯視到这样的景象
我犹豫不决地接受她们相似的热量。在我身边
并低下她们爱恋的头颅。

阿翔

手写2012.4.5

阿翔：《拟诗记：寂静如此完整》

安石榴

村庄

榴花覆盖的村庄
屋后的水源被我弄脏

淤泥堆积的村庄
屋前土地肥沃
我不懂得如何耕种

雷声滚过的村庄
雨水浇灌无人的山冈
雨中的房屋显得荒凉

安石榴，1972 年生于广西藤县。2005 年入籍广东增城。70 后诗歌运动主要发起人之一。20 世纪 80 年代末开始写作，著有诗文集《不安》、《我的深圳地理》、《泡》、《宋庄艺术家村的庸俗日常》、《莲花塘》等。现居广州。

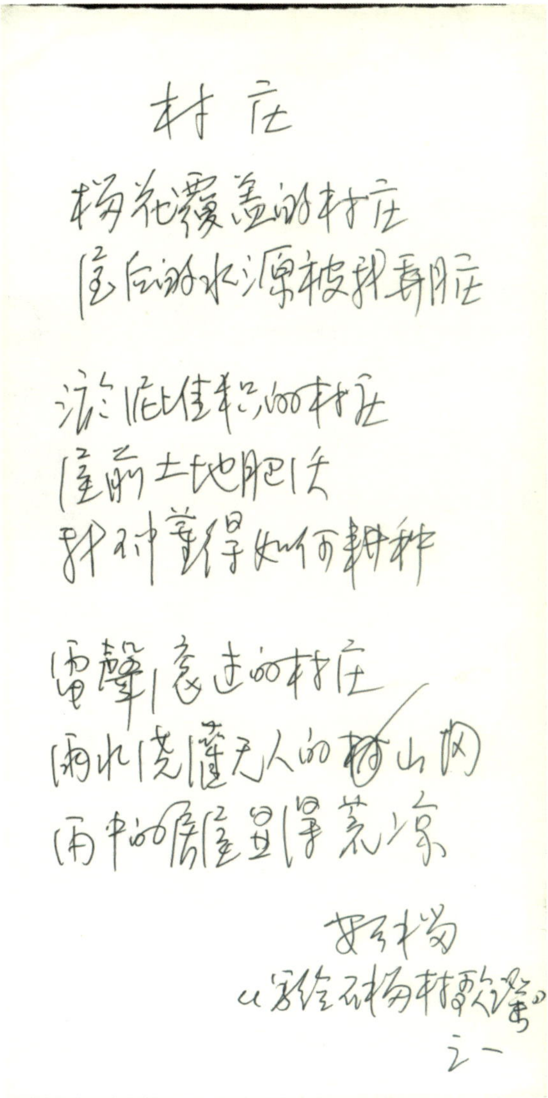

村庄

杨花覆盖的村庄
屋后的水源被我弄脏

淤泥堆积的村庄
屋前土地肥沃
我种学得如何耕种

雷声滚过的村庄
雨水浇灌无人的~~村~~山冈
雨中的房屋显得荒凉

安石榴
《守候石榴村的歌谣》
之一

安石榴：《村庄》

白鹤林

先 知

他是阴沉的，像在地铁站口
遇见的肮脏的占卜者
他是精于旁观的，像泄露的光
引汇局部的暗
他是偏颇的，像被蒙蔽的、残缺的文字
审判必然的死亡。在时间的快车上
他收买了时间，早定下预谋
把所有的无辜者
开往，一部电影的反面

白鹤林，本名唐瑞兵，1973年生于四川蓬溪。现居四川绵阳，供职于绵阳市文化馆。1990年代初期开始文学创作并发表作品，出版诗集《车行途中》等多部。《剑南文学·当代作家专号》诗歌编辑。

先知

·白鹤林

他是阴沉的，像在地铁站口
遇见的肮脏的乞丐者
他是精于窥视的，像泄露的光
引向局部的暗
他是编造的，像被蒙蔽的、残缺的文字
审判出生的死亡。在时间的快车上
他收买了时间，早已下预谋
把所有的无辜者
开导，一部电影的反面

2008.11.13. 徐州幸福园.

白鹤林：《先知》

柏明文

潮汐和风

我所热爱的　此刻
加速来临　在海边
一阵记忆将我推向波浪

如果有灯　书也看到末页
就能听到书页里的潮汐
还在爱着的人就会惶恐
就会像逃离梦幻那样
离开这座城堡

一座靠海的城市
它活在我钱包的夹缝里
有时它安静　有时
它会给我一束蔷薇花

雨也来到海边
像一个孤独的人
它指着那个曾经背弃的城市说
那是我的爱人

我所热爱的　此刻
它加速不断地加速
无人相信那是我的城市在呼救
并趁着夜幕将它的手按在我手上

柏明文，于20世纪90年代开始写诗。曾在《上海文学》、《诗刊》、《诗选刊》等刊发表作品，有诗入选《二十一世纪新文学大系最佳诗歌》、《中国诗歌精选》等。曾出版合集《七人诗选》、《灯火斑斓》，个人诗集《潮汐和风》。

潮汐和风

我所热爱的　此刻
加速来临　在海边
一阵记忆将我推向波浪

如果有灯　书也看到末页
就能听到书页里的潮汐
还在爱着的人就会惶恐，
就会像逃离梦幻那样
离开这座城堡

一座靠海的城市
它活在我钱包的夹缝里
有时它安静　有时
它会给我一束蔷薇花

雨也来到海边
像一个孤独的人
它指着那个曾经背弃的城市说
那是我的爱人

我所热爱的　此刻
它加速不断地加速
无人相信那是我的城市在呼救
并趁着夜幕将它的手按在我手上

柏明文
2012年7月2日

柏明文：《潮汐和风》

曹五木

名言录

我说中庸啊，我说颓唐，我其实什么都没说。
言辞都在死去的人手中，一如殉葬品

青铜质地可以弹奏
麻布质地化为灰烬
我们能掌握的何其少啊
而盗墓贼何其多

达芬·奇说居室狭小思想集中
因此他选择棺木
将如此荒谬的三言两语留在人间

曹五木，1972年生于河北文安。著有《暴君》、《张大郢》、《语子和其他三个人的箴言》、《书简》等。

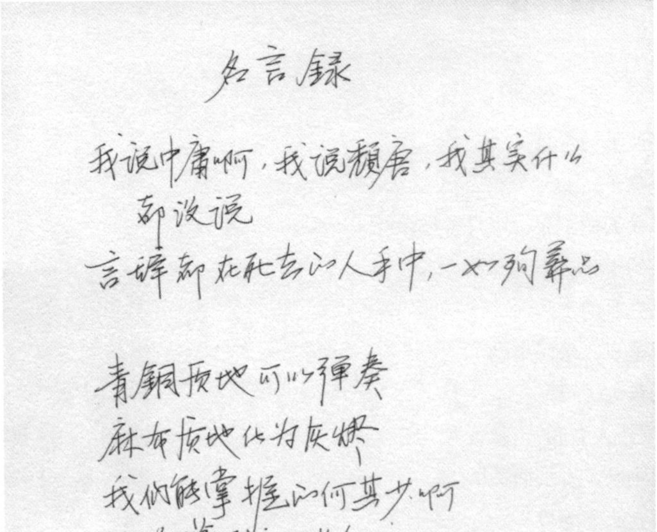

名言录

我说中庸啊，我说颓唐，我其实什么
都没说
言辞都在死去的人手中，一如殉葬品

青铜质地可以弹奏
麻布质地化为灰烬
我们能掌握的何其少啊
而盗墓贼何其多

达芬奇说居室狭小思想集中
因此他选择棺木
将如此荒谬的三言两语留在人间

曹五木 2012.02.29

曹五木：《名言录》

陈小三

拉　萨

这高原上的士兵
是些孩子
已是秋天的士兵，三月青枝绿叶
掩映的士兵
已是九月的士兵
站得笔直，来回走动
他们长大了吗?
“秋阳让人衰老”，秋天
嘴角刚硬，无情而美丽
盾牌、头盔与枪
蓝天与白云

收割了向日葵，我在九月还种下青菜
高原上的花多么自由！将开到十月
开到大雪封山

陈小三，原名陈先旺，即巫嘎。1972年11月生。福建清流人。『三明诗群』成员。曾获后天诗歌奖。著有诗集《交谊舞》，随笔集《我们的爱还不够深》。现居拉萨。

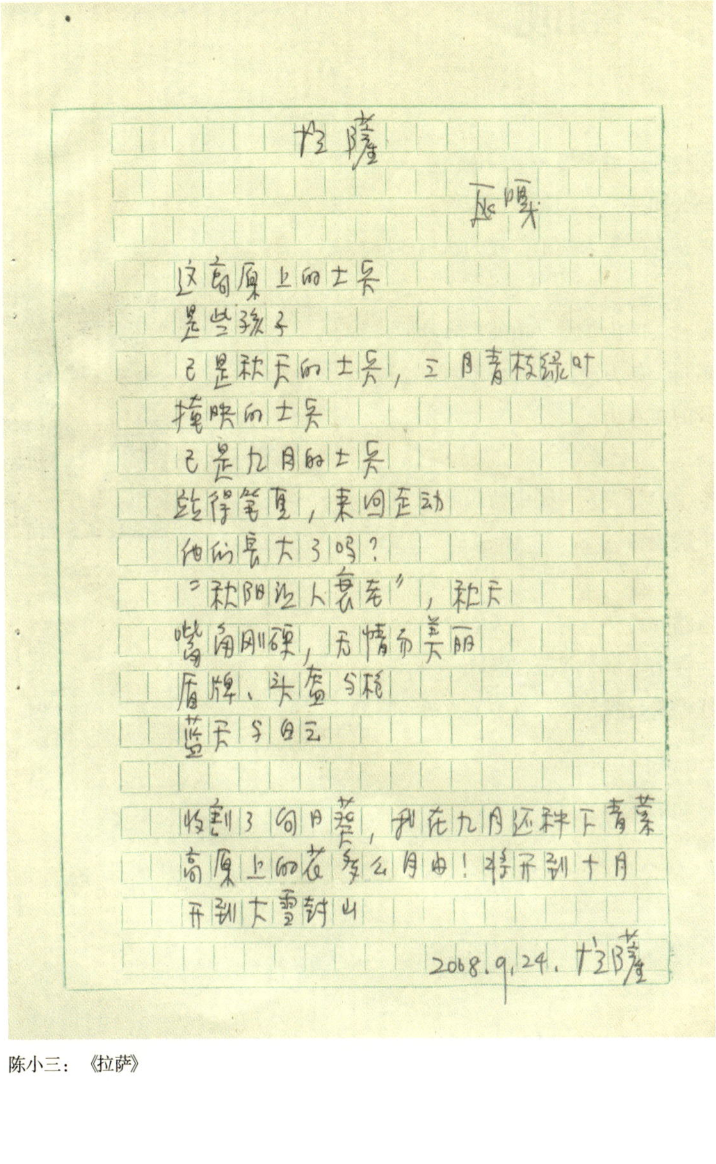

拉萨

这高原上的士兵
是些孩子
已是秋天的士兵，三月青枝绿叶
掩映的士兵
已是九月的士兵
站得笔直，来回走动
他们长大了吗？
"秋阳似人衰老"，秋天
嘴角刚硬，无情而美丽
盾牌、头盔和枪
蓝天和白云

收割了四月葵，我在九月还种下青菜
高原上的花多么自由！将开到十月
开到大雪封山

2008.9.24. 拉萨

陈小三：《拉萨》

杜　撰

雪山现

顶楼，窗口，晨光中一道白玉。
经久如一，一定是雪山凝成，
那是你的大力架山，我的达里加措。

露台，南山苍翠，山外雪峰奔涌，
蒸腾，如刀锋。这是你的阿尼念卿，
我的露骨山。

空中白日青天，园中芍药重朵，
千层凶猛。

道路开口，弯折。一天的夕光，
为雪山点金，苍茫，峥嵘——
任你我行脚匆忙，赶不上夜墨转瞬洇。

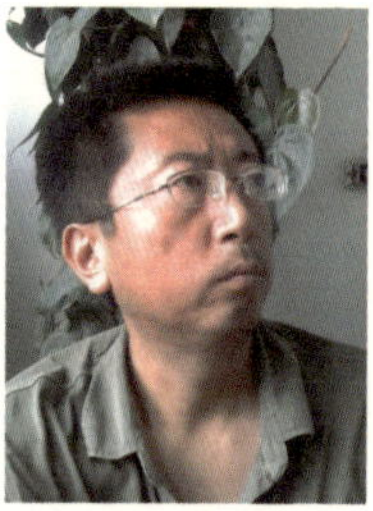

杜撰，男，汉族，1970年生于甘肃广河，现居河州。祖籍宁夏隆德杜川。

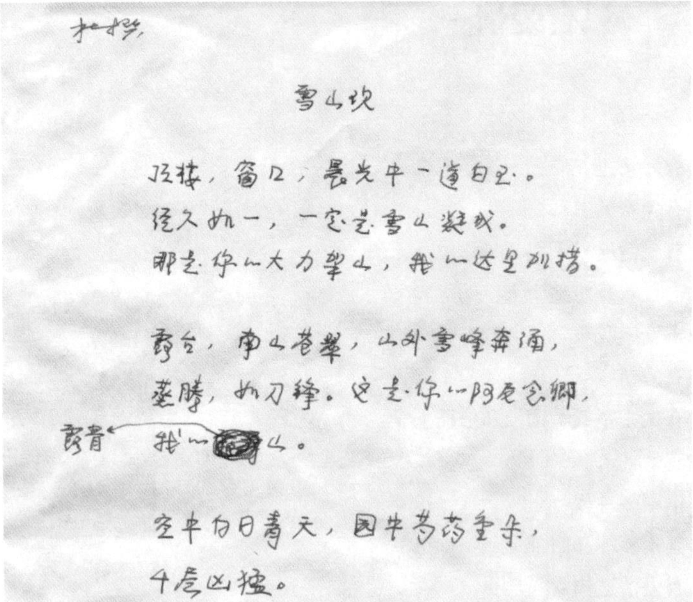
杜撰

雪山现

顶楼，窗口，晨光中一道白云。
经久如一，一定是雪山凝成。
那是你的大力举山，我的这里加措。

露台，南山苍翠，山外雪峰奔涌，
蒸腾，如刀锋。这是你的阿尼念卿，
露青 我的[redacted]山。

空中白日青天，园中芍药重朵，
千层幽独。

道路开口，弯折。一天的夕光，
为雪山点金，苍茫，峥嵘——
任你我行脚匆忙，赶不上夜墨转瞬间。

2011.5.30－6.11

杜撰：《雪山现》

朵　渔

只有爱情……

只有爱情里
还有免费的午餐
只有爱情这只天鹅
才会冒着背叛整个天空的危险
前来安慰我
只有爱情
没有失去基础、词根和形而上学
只有爱情
还信奉多神教
尤其是哭神和酒神
只有爱情这位女同学
还记得同桌的你
混不下去的人
还可以混混爱情这个黑社会
这世道，只有爱情才可以救死扶伤
也只有爱情才可以一招致命
我们不在时，是乌云和小丑在天空舞蹈
是白痴主义占据了抒情的舞台
我准备与明月合作，去敲响你的窗子
我准备请闪电为我们照一张相
还在青春的花蕊中沉睡的小姑娘
该醒醒了，蜜蜂先生前来敲门
这位怪叔叔不是来收税的

朵渔，原名高照亮，诗人、学者。1994年毕业于北京师范大学中文系，2000年参与发起「下半身」诗歌运动。现居天津。著有诗集《暗街》、《高原上》、《非常爱》等，现主编诗歌民刊《诗歌现场》。

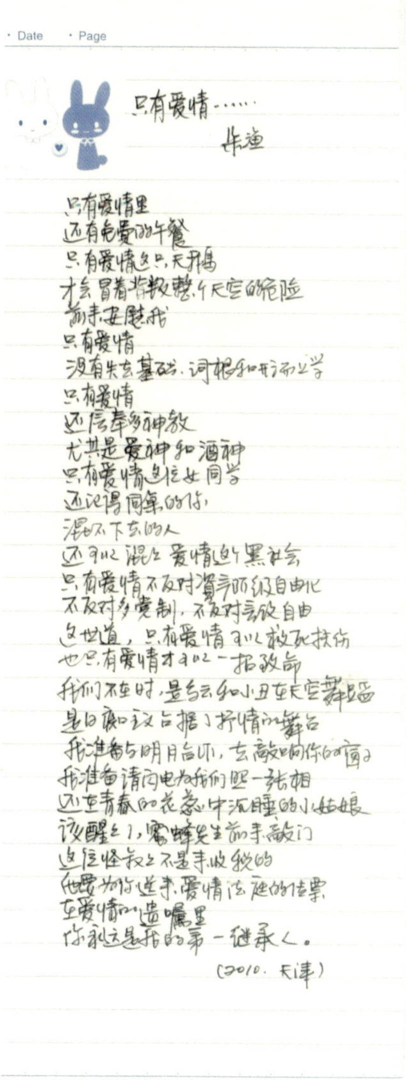
只有爱情……
朵渔

只有爱情里
还有免费的午餐
只有爱情这只天鹅
才会冒着背叛整个天空的危险
前来安慰我
只有爱情
没有失去基础、词根和形而上学
只有爱情
还信奉多神教
尤其是爱神和酒神
只有爱情这位女同学
还记得同桌的你
混也不下去的人
还可以混混爱情这个黑社会
只有爱情不反对资产阶级自由化
不反对多党制，不反对言论自由
这世道，只有爱情可以救死扶伤
也只有爱情才可以一招致命
我们不在时，是乌云和小丑在天空舞蹈
是白痴和政客占据了抒情的舞台
我准备与明月合谋，去敲响你的窗子
我准备请闪电为我们照一张相
还在青春的花蕊中沉睡的小姑娘
该醒了，蜜蜂先生前来敲门
这位怪叔叔不是来收税的
他要为你送来爱情法庭的传票
在爱情的遗嘱里
你永远是我的第一继承人。
（2010．天津）

朵渔：《只有爱情……》

他要为你送来爱情法庭的传票
在爱情的遗嘱里
你永远是我的第一继承人

《见字如面·70后诗人手稿展》现场（游坚/摄）

方闲海

冬青树

经常站在那里小便。雷打不动
更不用提居民提了多少回意见
有时候一个人
有时候二个人，三个人，甚至六七个人。并排
沿着人民路一堵工地的砖墙。人工降雨

将液体的肥统统浇到冬青树上

方闲海，1971年11月出生于浙江舟山。1999年毕业于中国美术学院版画系。2001年，登上诗江湖论坛，笔名『口猪』，第一次在网络发表诗歌。著有诗集《今天已死》。现居杭州。

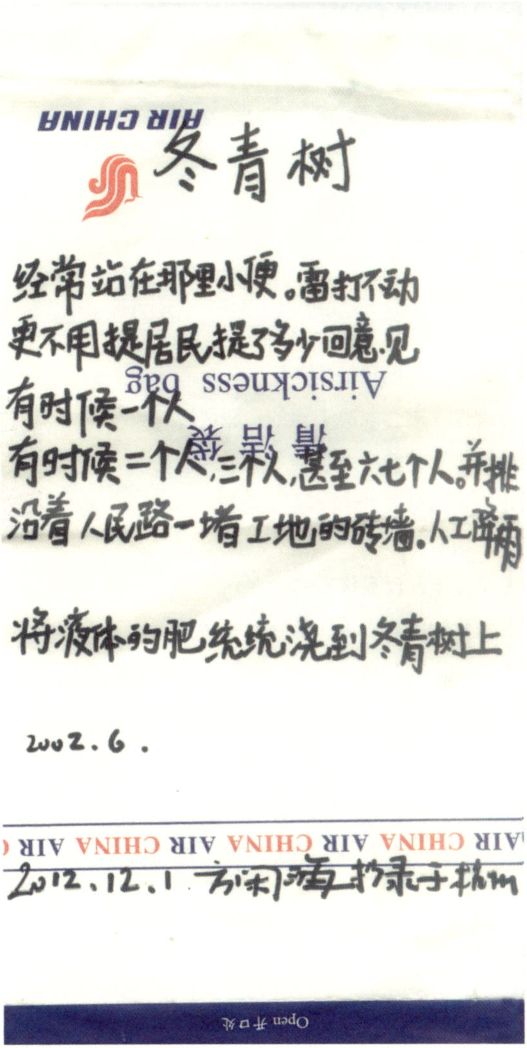
冬青树

经常站在那里小便。雷打不动
更不用提居民提了多少回意见
有时候一个人
有时候二个人，三个人，甚至六七个人。并排
沿着人民路一堵工地的砖墙。人工降雨

将液体的肥统统浇到冬青树上

2002.6.

2012.12.1 方闲海 抄录于杭州

方闲海：《冬青树》

广　子

翅膀的哲学

多么尴尬的饰品
你看，她画下的这一对翅膀
在纸上。飞，还是不飞
要是在梦里就好了
床也能飞起来。哪怕飞到半空掉下来
这就是最令你头疼的辩证法
逻辑的合理性，不会取决于你的一厢情愿
问题是，一头幸福的小猪真的飞上了天
你能断言小猪的身上
一定要长着翅膀吗
很多思考是经不起反复推敲的
对于喜爱做梦的床，床单就是她的翅膀
但现实不是，比如鸵鸟

广子，本名郭广泉，20世纪70年代生，内蒙古鄂尔多斯人，祖籍山西。写作诗歌、随笔等。主编民刊《坚持》，著有诗集《往事书》等。现居呼和浩特。

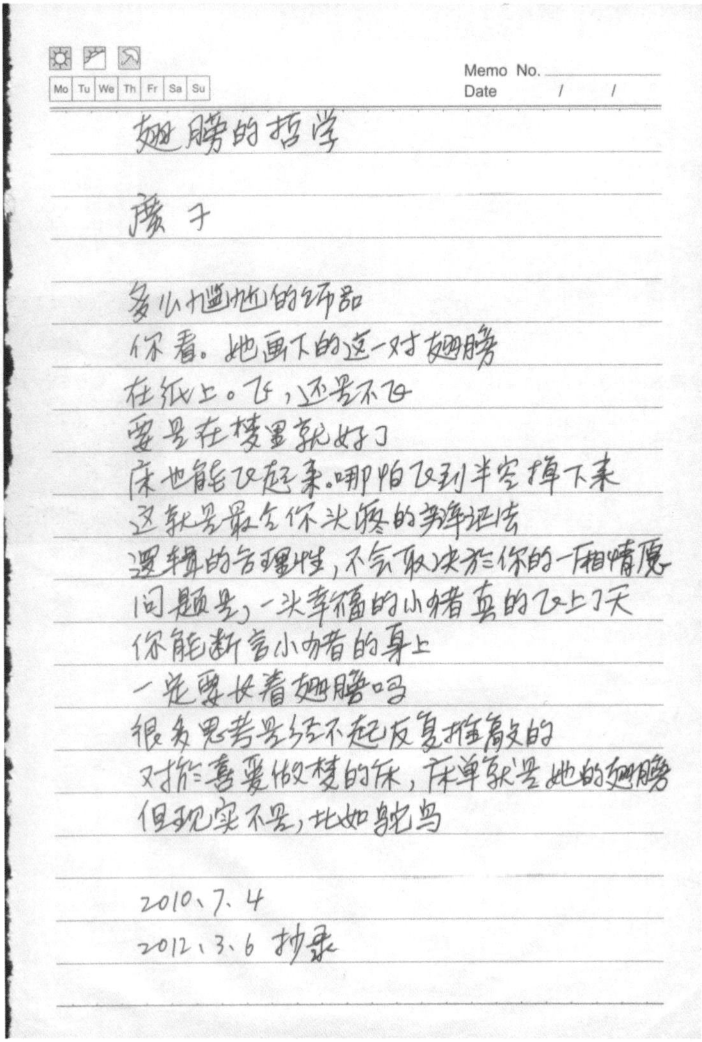
Mo Tu We Th Fr Sa Su
Memo No.
Date / /

翅膀的哲学

廣子

多么尴尬的饰品
你看。她画下的这一对翅膀
在纸上。飞，还是不飞
要是在梦里就好了
床也能飞起来。哪怕飞到半空掉下来
这就是最令你头疼的辩证法
逻辑的合理性，不会取决於你的一厢情愿
问题是，一头幸福的小猪真的飞上了天
你能断言小猪的身上
一定要长着翅膀吗
很多思考是经不起反复推敲的
对於喜爱做梦的床，床单就是她的翅膀
但现实不是，比如鸵鸟

2010、7、4
2012、3、6 抄录

广子：《翅膀的哲学》

何武东

城西的叙述

他在那片空地
站了很久，很久
这个没用的人
连片树叶都懒得翻动
他先前穿过城西的树林
他说他坚持不带走一片
哪怕一小片树叶
肥大的脑袋在肩上晃动
阳光在不到三尺远的地方
费力地移过来
直直照着他眼中的梦
直照得前面的风景
越来越晃，越来越远
暗无踪迹

这个没用的人
他在那儿待得很久
所以他在那儿
就像消失了很久

何武东，20世纪70年代初生于宁夏盐池县。泛艺术爱好者。参与宁夏早期一些校刊和民刊的编辑及美术设计等活动，后与老友单晓春正式创办《北方向》（原名《方向》）诗刊，兼中国艺术批评网美术和音乐版版主。

城西的叙述

·何武东·

他在那片空地
站了很久、很久
这个没用的人
连片树叶都懒得翻动
他先前穿过城西的树林
他说他坚持不带走一片
哪怕一小片树叶
肥大的脑袋在肩上晃动
阳光在不到三尺远的地方
费力地移过来
直直地[redacted]照着他眼中的梦
直照得前面的风景
越来越昏、越来越远
暗无踪迹

这个没用的人
他在那儿呆得很久
所以他在那儿
就像消失了很久

何武东：《城西的叙述》

人生虽长

铅笔虽长，有写短的时候
人生虽长，有只剩最后一天的时候
一切都是瞬时
清风啊，明月
城市啊，灯火
虽然有许多疾病，但我爱
有许多刀尖抵着背，然我忍耐
我从淤泥里抬起头来
撑开大大的绿叶
大大的花朵
我无所顾忌了啊

多空啊，多亮啊
我要多一百只眼睛多好啊
多欢啊，多悦啊
我要多一千个手臂多好啊

黑光，号黑光无色。安徽怀宁人。现居深圳。

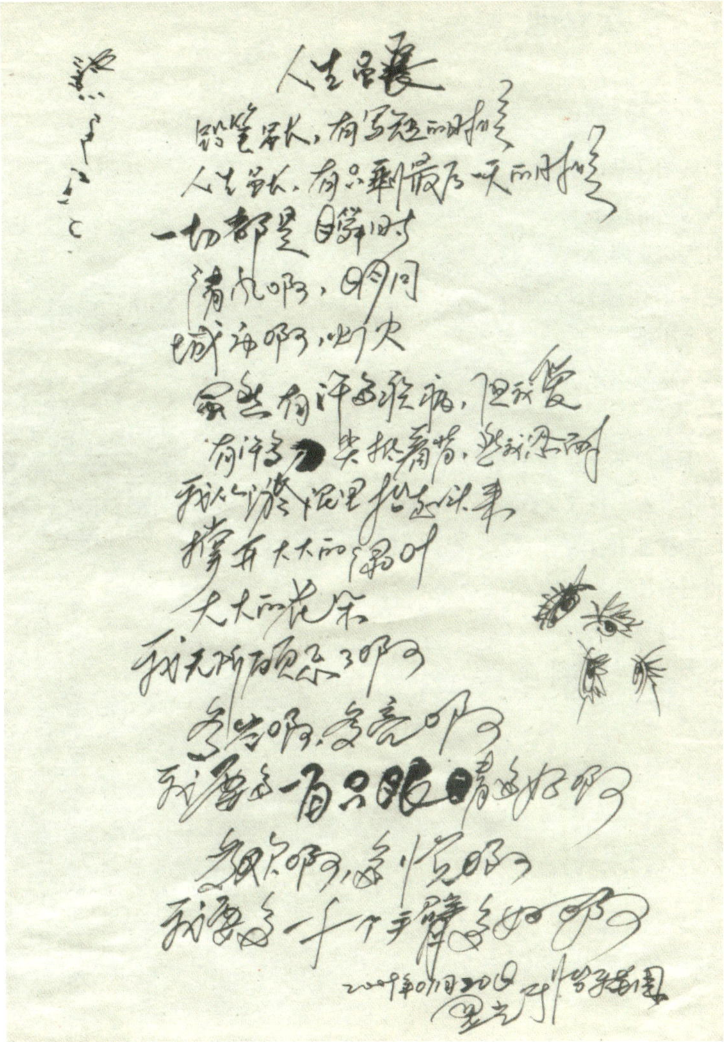
人生虽长

铅笔虽长，有写短的时候
人生虽长，有只剩最后一天的时候
一切都是瞬时
清风啊，明月
城市啊，灯火
虽然有许多疾病，但我爱
有许多[illegible]，[illegible]
我们从泥里[illegible]来
撑开大大的绿叶
大大的花朵
我无所顾忌了啊
多美啊，多亮啊
我要有一百只眼睛多好啊
多欢乐啊，多愉悦啊
我要有一千个手臂多好啊

2009年07月20日 黑光 于[illegible]

黑光：《人生虽长》

胡　人

欢喜地

清晨的鸟是快乐的
我的欢喜比不上
趁人们未醒
它们练习飞行和歌唱
这个小地方
敌人从来不光临

五十米以外，就是宽阔的街道
中午，汽车排成长队
阳光在地上打滚
不适合植物的生长
到街道另一侧去
要多走点路，绕道而行

胡人，本名肖向云，1976年生于湖南衡阳。1992年开始习诗。2001年毕业于浙江大学中文系。出版有诗集《上升的火焰》。2002年和江离等创办《野外》诗刊。现为野外诗社社长、《诗建设》副主编。

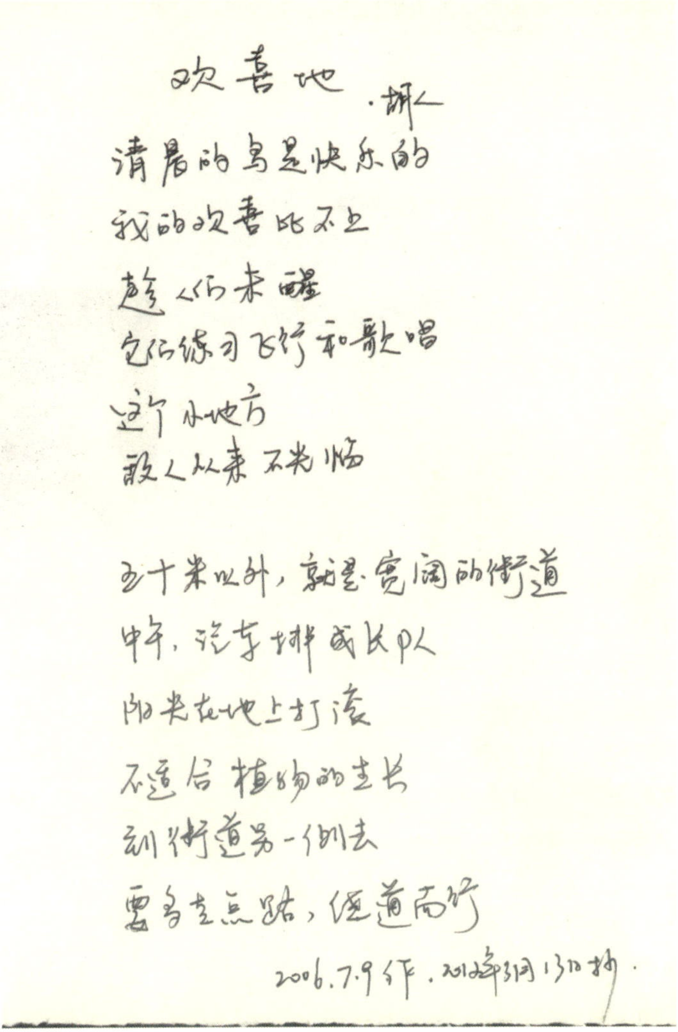

欢喜地

胡人

清晨的鸟是快乐的
我的欢喜比不上
趁人们未醒
它们练习飞行和歌唱
这个小地方
敌人从来不光临

五十米以外，就是宽阔的街道
中午，汽车排成长队
阳光在地上打滚
不适合植物的生长
到街道另一侧去
要多走点路，绕道而行

2006.7.9作．2012年3月13日抄．

胡人：《欢喜地》

胡应鹏

天，使劲地蓝

要蓝，就蓝它一生
要裸，就裸得一丝不挂裸得荡气回肠
要空，就空空荡荡得一塌糊涂

山顶高举蔚蓝，松林划过天边
这永不回头的曲线
清晰得想哭
清晰得，像一次没有过错的人生

很多次，就这样躺下来
张开翅膀和身体。就这样
我背负大地和凉山，跳下天空

蓝得永无止歇的蓝啊
透明得不可一世的透明
多像每个昔日，天长。地久
多像我从未有过的
心

胡应鹏，20世纪70年代初生于四川，当过音乐人、低音吉他手、歌手，主编诗歌民刊《诗·70P》，《独立》诗歌民刊成员，著有《猛禽》、《五人诗选》（合著）、《飞翔的狼》、《短刀》等诗集。现居四川绵阳。

天，使劲地蓝

胡应鹏

要蓝，就蓝它一生
要裸，就裸得一丝不挂裸得荡气回肠
要空，就空空荡荡得一塌糊涂

山顶高举蔚蓝，松林划过天边
这永不回头的曲线
清晰得想笑
清晰得，像一场没有过错的人生

很多时，就这样躺下来
张开翅膀和身体。就这样
我背负大地和清风，跳下天空

蓝的永无止歇的蓝啊
蓝得不可一世的蓝啊
多像每个昔日，天长。地久。
多像我从未有过的
心

2010.03.12

胡应鹏：《天，使劲地蓝》

胡子博

失眠者

当我发觉，路上的行人渐渐稀少
我才注意到　那些细节
已清晰可辨
风雨曾经过这座城市
晴日里，一把雨伞还在开开合合
人走过，身体里有水声
刚换的衣服一会儿就湿了
大家心照不宣　互相触摸影子
我很难适应　这种模糊的礼节
其中的分寸感　纤细而柔软
我想：我不能够
可是那一年的天空由蓝变白
使所有人无话可说
我第一次发现
自己生硬、人为的界限
走不出去　又不能无所事事
为了消除方向　我故意把自己的脚印
弄得凌乱不堪
我拿起一个线团　依靠一种
复杂的缠绕方式
把自己扮成一名完美主义者
一个流浪汉
把前面的道路设计得曲折漫长

胡子博，1972年10月出生于山东小镇张秋。先锋诗人，某出版社编辑。诗歌代表作有《失眠者》、《气候》、《叙事》、《不可知的事》、《世界》、《白纸像是透明的》等，印有诗集《失眠者》。现居桂林。

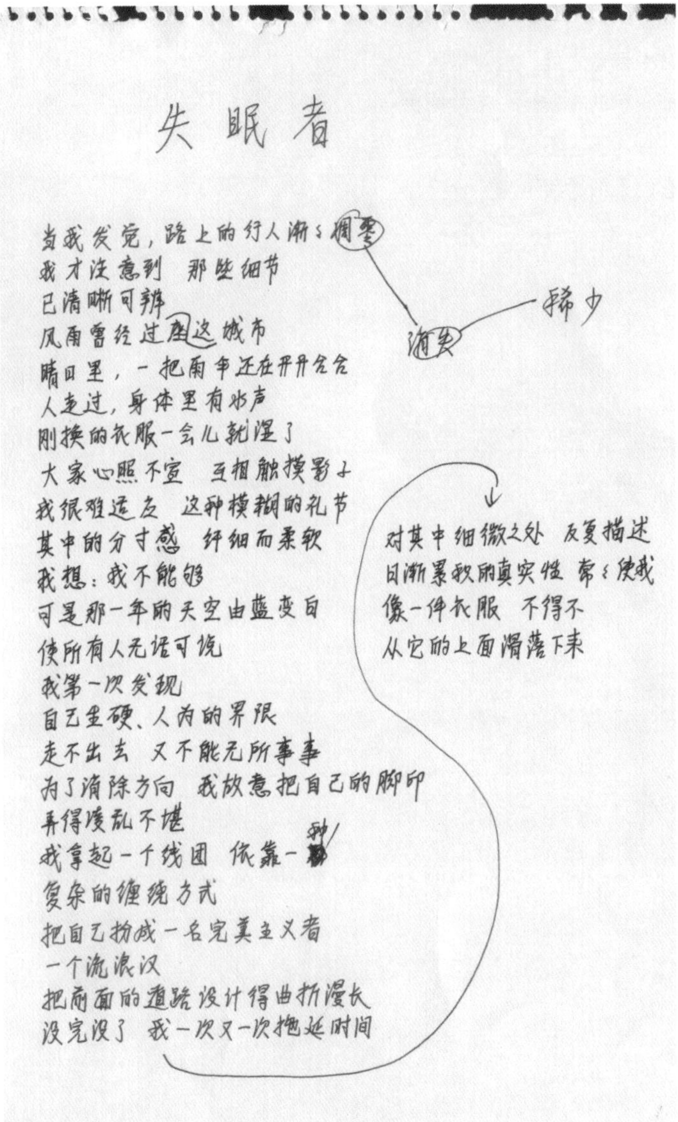

失眠者

当我发觉，路上的行人渐渐凋零
我才注意到 那些细节
已清晰可辨
风雨曾经过这城市
晴日里，一把雨伞还在开开合合
人走过，身体里有水声
刚换的衣服一会儿就湿了
大家心照不宣 互相触摸影子
我很难适应 这种模糊的礼节
其中的分寸感 纤细而柔软
我想：我不能够
可是那一年的天空由蓝变白
使所有人无话可说
我第一次发现
自己生硬、人为的界限
走不出去 又不能无所事事
为了消除方向 我故意把自己的脚印
弄得凌乱不堪
我拿起一个线团 依靠一种
复杂的缠绕方式
把自己扮成一名完美主义者
一个流浪汉
把前面的道路设计得曲折漫长
没完没了 我一次又一次拖延时间
对其中细微之处 反复描述
日渐累积的真实性 常常使我
像一件衣服 不得不
从它的上面滑落下来

胡子博：《失眠者》

没完没了　我一次又一次拖延时间
对其中细微之处　反复描述
日渐累积的真实性　常常使我
像一件衣服　不得不
从它的上面滑落下来

70后诗人手稿明信片（黄雪春/摄）

黄 芳

你知道

你知道
窗外的树已经长满叶子
不能再多一片了
风吹过来时
阳光晃了又晃
——你到来时
10月的天空并不阴霾，世事
也并不凶险
但我转过身去
——如果昨天就是所有的光阴
请你把它抱在怀里。请你
抱着一生里全部的重量
转过身，从我面前
慢慢走开

黄芳，生于广西贵港市，毕业于广西师范大学中文系。曾获得『中国2005年女子诗歌年度奖』、『广西第五届青年文学诗歌奖』、『第三届井秋峰短诗奖』等奖。2010年参加《诗刊》社『第26届青春诗会』。现居桂林。

ATE NO.

THEME

你知道

·黄芳

你知道
窗外的树已经长满叶子
不能再多一片了
风吹过来时
阳光晃了又晃
——你到来时
10月的天空并不阴霾，世事
也并不凶险
但我转过身去
——如果昨天就是所有的光阴
请你把它抱在怀里。请你
抱着一生里全部的重量
转过身，从我面前
慢慢走开

2011，10，18

黄芳：《你知道》

黄　海

小　镇

暮色中升起的尘土
长途汽车正缓慢地停下来
晚安的杂货店
有人敲门
肥胖的人道出商品的价钱
你好，她用方言问候你
沿路的花圈店、小旅馆
要比黑夜的星辰闪亮
它的招牌被风翻来覆去

标语涂写在墙上
无数的脸孔和我一样
青春已去
昏暗的街灯下
那些不可靠的消息
四处张贴，正被经历
路过的人　他们张望
他们到此一游
他们把垃圾和烦躁扔在了
汽车尾气的后面

他们还要去远方
不知道下一个是谁

黄海，诗人，1978年生，现居西安。著有长诗《余哀》；短诗集《穿花裙子的小佳》、《乘火车》；散文集《秋天里的日常生活》、《黄石手稿》；短篇小说集《病人》。

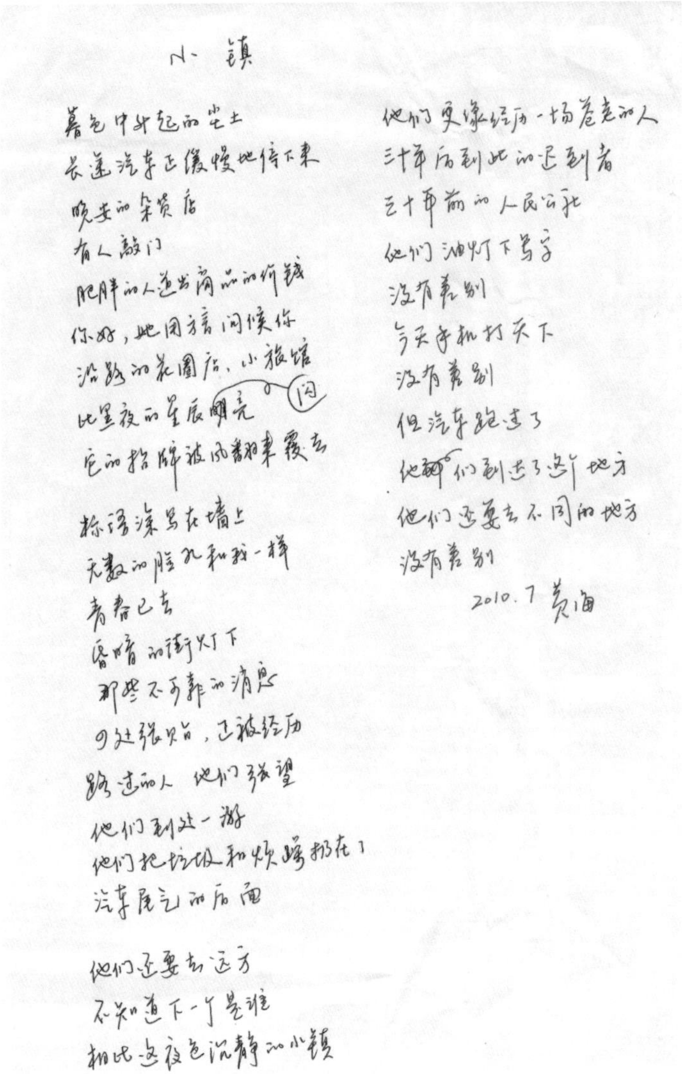
小镇

暮色中升起的尘土
长途汽车正缓慢地停下来
晚安的杂货店
有人敲门
肥胖的人道出商品的价钱
你好，她用方言问候你
沿路的花圈店、小旅馆
比黑夜的星辰明亮（闪）
它的招牌被风翻来覆去

标语涂写在墙上
无数的脸孔和我一样
青春已去
昏暗的街灯下
那些不可靠的消息
四处张贴，正被经历
路过的人 他们张望
他们到此一游
他们把垃圾和烦躁扔在了
汽车尾气的后面

他们还要去远方
不知道下一个是谁
相比这夜色沉静的小镇

他们更像经历一场苍老的人
三十年后到此的迟到者
三十年前的人民公社
他们油灯下写字
没有差别
今天手机打天下
没有差别
但汽车跑远了
他们到过了这个地方
他们还要去不同的地方
没有差别

2010.7 黄海

黄海：《小镇》

相比这夜色沉寂的小镇
他们更像经历一场苍老的人
三十年后到此的迟到者
三十年前的人民公社
他们油灯下写字
没有差别

今天手机打天下
没有差别
但汽车跑过了
他们到达了这个地方
他们还要去不同的地方
没有差别

70 后诗人手稿明信片（黄雪春/摄）

黄金明

路　标

不同的路标只指向一个地方
而他正从那儿返回
“不管那是天堂还是地狱
但愿我从不涉足
我只想走向陌生之地
既不需要引路人
也不需要追随者
更不需要现成的道路。”旷野上
有无数人失去了方向
一些人插在地上成为路标
一些人成为石狮子守卫着大门
他像一只逆流而上的小船
使迎面而来的无数艘大船
深感惊诧，但没有谁怀疑自己的航向。

黄金明，1974年出生于广东化州。曾参加第二届中国青年作家、批评家论坛，《诗刊》社『第24届青春诗会』。鲁迅文学院第13届作家高研班学员。著有长篇散文《少年史》等多种。现为广东省作家协会专业作家。

路标

黄金明

不同的路标只指向一个地方。而他正在那儿返回
"不管那是天堂还是地狱，但愿我们不满足
我只想去向陌生之地。既不需要引路人
也不需要追随者，更不需要现成的道路。"旷野上
有无数人失去了方向。一些人插在地上
成为路标。一些人成为石狮子守卫着大门
他像一只逆流而上的小船，使迎面而来的无数艘大船
深感惊诧，但没有谁怀疑自己的航向。

2010.5.手记

黄金明：《路标》

黄礼孩

谁跑得比闪电还快

河流像我的血液
她知道我的渴
在迁徙的路上

我要活出贫穷
时代的丛林就要绿了
是什么沾湿了我的衣襟

丛林在飞
我的心在疲倦中晃动
人生像一次闪电一样短
我还没有来得及悲伤
生活又催促我去奔跑

黄礼孩，20世纪70年代生于大陆最南端的徐闻县。诗人、艺术评论家。出版诗集《我对命运所知甚少》，评论集《午夜的孩子》，艺术随笔《起舞》、《忧伤的美意》等多部。1999年创办《诗歌与人》。现居广州。

谁跑得比闪电还快

黄礼孩

河流像我的血液
她知道我的渴
在迁徙的路上

我要活出贫穷
时代的丛林就要疯了
是什么沾湿了我的衣襟

丛林在飞
我的心在疲倦中晃动
人生像一次闪电一样短
我还没有来得及悲伤
生活又催促我去奔跑

1999年

黄礼孩：《谁跑得比闪电还快》

霍俊明

九月九日别山东兄弟

九月九日别山东兄弟
花果山的人造水帘洞多像这个时代虚假的泪腺
在你提着超重行李箱走入黑色人群的一刻
北方的平墩湖会给你提供最为温暖的一个理由

当年的海兵，黑色的皮肤证实着南方的水土不服
南方的海风让三十岁更加陌生
登上荒凉山顶的一刻，我才知道这是一个诗意的
　节日
尽管我们的腰身已经缠上中年的疼痛
一如此刻，浓雾压山，双眉紧锁

这里是鲁南，这里，也是苏北
这像极了我们尴尬的外省生活
生锈的铁轨模糊得已经不知通向何处
拖拉机和黄牛的身后是无边的秋木

今天我们偶然遇上了九月初九
而我的山东兄弟已经开始远行
留住临行前我们握紧的体温
它上面有北方的汗烟味，秋风吹过
已是泪流满面，我们又推说这是肝脾失调

霍俊明，河北丰润人，诗人、诗评家。从20世纪90年代初期开始诗歌写作。印有诗集《红色末班车》、《京郊的花外衣》、《批评家的诗》等。主编《2011年中国诗歌》。

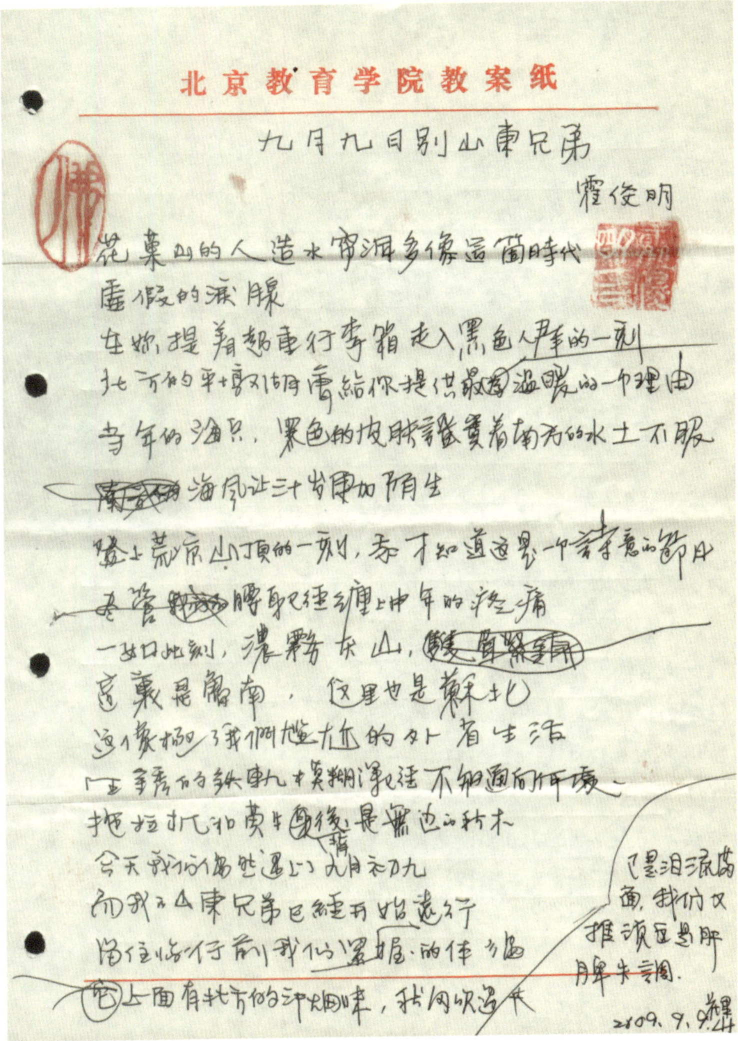

霍俊明：《九月九日别山东兄弟》

晚　祷

晚安，我的灵魂
它已身首异处，无处可栖，
躺在你冰冷的盘子里

晚安，我冻僵的指头
我施洗过的，好人和坏人
圣水，洗不净你们身上的原罪

晚安，这飘雪的国家
受伤的道路，别再让车轮
弹奏我的悲剧，以及，你的哀伤

晚安，这些黑，和黑暗们
这些恶，和罪恶们
莎乐美已戴上面具，递来冰凉的一吻

晚安，我能宽恕的，和不能宽恕的
赶往春天的邮车，正在分拣
我们肉体的行李

简单，1972年生，河南宝丰人，编有《外省》诗刊，著有诗集《小麻雀之歌》、《胡美丽的故事》等，现居郑州。

晚祷

晚安，我的灵魂
它已身首异处，无处可栖
躺在你冰冷的盖子里

晚安，我冻僵的指认
我拖洗过的，奴隶和仆人
圣水，洗不净你们身上的罪孽

晚安，一直飘雪的国家
覆盖的道路，别再让车轮
碾卷我的悲剧，以及，你的哀伤

晚安，这些黑，和黑暗们
这些恶，和罪恶们
它们复又戴上面具，递来冰凉的一吻

晚安，我能宽恕的，和不能宽恕的
已经寄来的邮件，正在分拣
我们阅读的行李

2010.12.28
简单于郑州

简单：《晚祷》

江　非

喜　鹊

在黎明的光线中，在河流转弯的彼岸
人们有时候会看到一只喜鹊

它在一片树林的边缘走来走去
就像一位自由女神，但更仿佛她白尾巴的侍女

它在那里散步，回家，与我们保持着
一段足够的距离，让我们看到一只喜鹊的五分之一

它在地上占卜
在地上划出一座神庙的范围

它让我们看见它的眼睛——但不是它真实的眼睛
只能看到它的身躯，一个黑色的外部轮廓

它在远处移动，平行于我们的身体
仿佛它创造了一个世界，然后又回到了这里

它傲慢，懒散，往复，踌躇满志
让我们既无法指出河流，也不能描述出疾病的意义

江非，1974年生于山东平墩湖，著有诗集《独角戏》、《那》、《纪念册》、《一只蚂蚁上路了》等。现居海南。

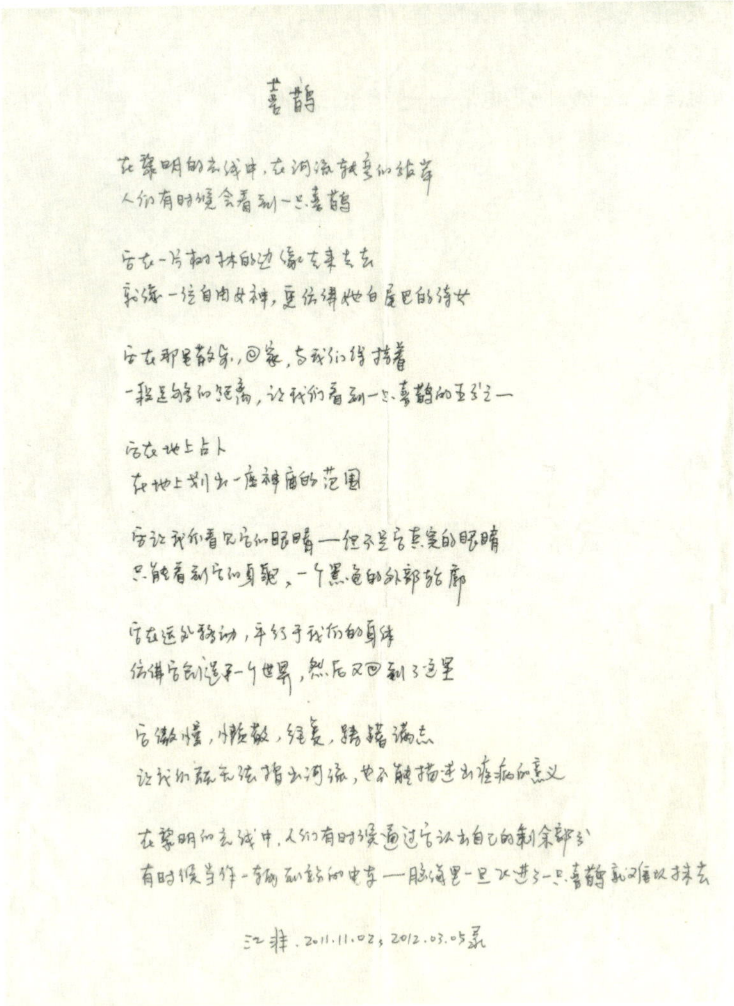

喜鹊

在黎明的光线中，在河流拐弯的堤岸
人们有时候会看到一只喜鹊

它在一片树林的边缘飞来飞去
就像一位自由女神，更仿佛她白尾巴的侍女

它在那里散步，回家，与我们保持着
一段足够的距离，让我们看到一只喜鹊的五分之一

它在地上占卜
在地上划出一座神庙的范围

它让我们看见它的眼睛——但不是它真实的眼睛
只能看到它的身躯，一个黑色的外部轮廓

它在远处移动，平行于我们的身体
仿佛它创造了一个世界，然后又回到了这里

它傲慢，懒散，狂妄，踌躇满志
让我们既无法指出河流，也不能描述出疼痛的意义

在黎明的光线中，人们有时候通过它认出自己的剩余部分
有时候当作一辆刚启动的电车——脑海里一旦飞进了一只喜鹊就难以抹去

江非，2011.11.02，2012.03.05录

江非：《喜鹊》

在黎明的光线中，人们有时候通过它认出自己的
　剩余部分
有时候当作一辆到站的电车——脑海里一旦飞进
　了一只喜鹊就难以抹去

《见字如面·70后诗人手稿展》现场（黄雪春/摄）

南歌子

长久的漫游之后，我来到南方
在这里，我将会得到一小片土地
——这已经足够。
如果我愿意我可以种下笔直
或者曲折有致的树木，还有秋菊
在忍冬花的黄昏，我会想起
我快乐的日子像霜一样轻薄
并且庆幸因为固守它们而使我的生活
拥有了木质的纹理。
这就像园艺，为了精致
或者枝干更加挺拔，你必须修剪
它们的枝蔓。舍弃是一种艺术
当我们渐渐了解，多并不意味着
美，简朴也不是缺乏
那么在我的生活中，我必须留出
足够的空间。习惯于在清晨
打扫小小的庭院，习惯于在夜间安睡
而收获一粒豆子就是收获一片南山。

江离，本名吕群峰，1978年生，浙江嘉兴人，于浙江大学求学六年半。2002年与友人创办《野外》，2011年与友人创办《诗建设》，2003—2010年期间主持每月『野外诗歌沙龙』，现居杭州。出版有诗集《忍冬花的黄昏》，曾获『刘丽安诗歌奖』。

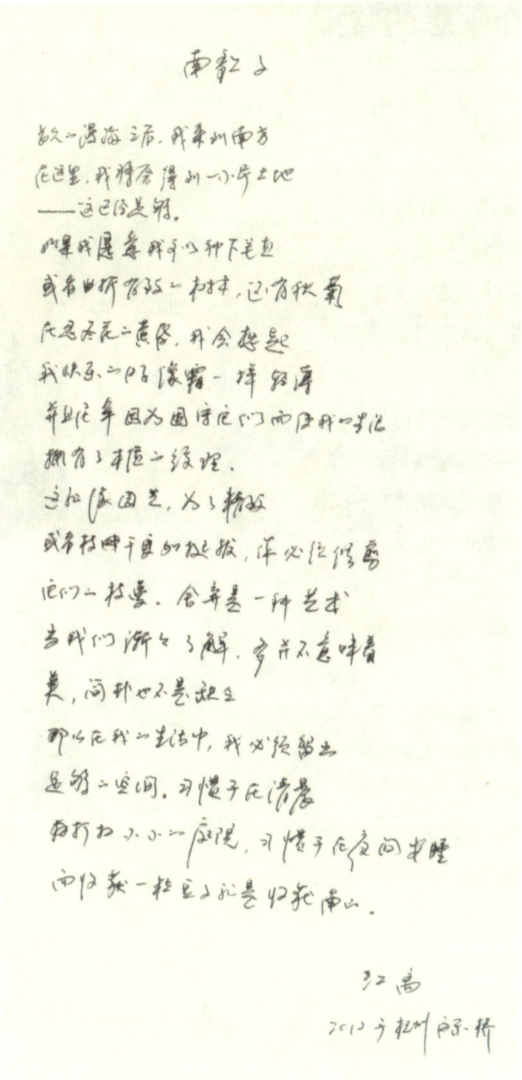
南歌子

经过漫游之后，我来到南方
在这里，我将会得到一小片土地
——这已经足够。
如果我愿意我可以种下芭蕉
或者曲折有致的树林，还有秋菊
在忽远忽近的黄昏，我会想起
我快乐的日子像霜一样轻薄
并非它年因为固守它们而使我的生活
拥有了木质的纹理。
这就像园艺，为了精致
或者枝曲干直如虬拔，你必须修剪
它们的枝蔓。舍弃是一种艺术
当我们渐渐了解，这并不意味着
美，简朴也不是拙至
那么在我的生活中，我必须留出
足够的空间。习惯于在清晨
去打扫小小的庭院，习惯于在夜间早睡
而收获一粒豆子就是归于南山。

江离
2012于杭州白乐桥

江离：《南歌子》

江　雪

布莱恩的监狱

——给朱乒

从前的一个春天
我们安静地坐于弘化禅寺
风凉亭，曾经的爱意
像风一样吹过，然后下山
多年后，各自恪守内心的冰火
现在，依然如此
透过你，我发现一座监狱
布莱恩的监狱，监狱里的布莱恩
他的眼神，画笔，忧伤的油彩
被禁锢的纯洁和自由
影响我了，就像你影响我了
它们，可以带入肉身，带入灵魂
你一直在变换着居所
变换身陷其中的监狱，梦想的监狱
我也在寻找自己的监狱
抒情的监狱
这是一个流氓的时代，从上到下
我们难以葆守纯洁
纯洁的知识，纯洁的心灵
柏拉图告诫我们
尽量不要和肉身交往
不要沾染它的情欲，保留洁癖
或许，在这个时代
我们真的要成为伟大的狱友了

江雪，诗人，批评家，自由艺术家，《后天》主编。出生于湖北蕲春，华中科技大学新闻专业毕业。1987 年开始发表文学作品。1992 年创办诗刊《解决》。出版有诗集《汉族的果园》（1993），另自编有诗集、随笔集、实验文本、评论集若干。

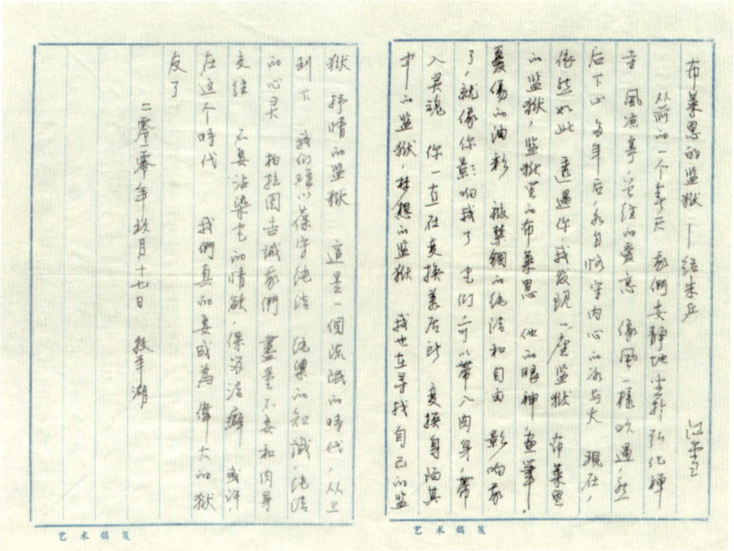

布莱恩的监狱——给朱乒 江雪

从前的一个冬天 我们安静地坐在弘化禅
寺 风流亭，并注视着意 像风一样吹过，然
后下山 多年后，我才明白内心的河流与大 现在，
依然如此 透过你，我发现一座监狱 布莱恩
的监狱，监狱里的布莱恩 他的眼神 画笔
忧伤的油彩 被禁锢的纯洁和自由 影响我
了，就像你影响我了 它们可以带入肉身，带
入灵魂 你一直在变换着居所 变换身陷其
中的监狱，梦想的监狱 我也在寻找自己的监
狱 抒情的监狱 這是一個流氓的時代，从上
到下 我们难以保守纯洁 纯洁的知识，纯洁
的心灵 柏拉图告诫我們 尽量不要和肉身
交往 不要沾染它的情欲，保持洁癖 或许，
在這个時代 我們真的要成為偉大的狱
友了

二零一零年秋月十七日 于牧羊湖

艺术稿笺

江雪：《布莱恩的监狱——给朱乒》

姜　涛

古猿部落

树林里落满果实，猩红的地毯
源于地质的变迁
水退了，老虎的剑齿烂了
我们围着空地商量未来
老的刚从进化里爬出，挥老拳
少的已按捺不住舌头，要第一个
去吃梅花鹿，移山的志向没有
倒可以涉水，南方北方的
田野只是一张餐桌
所谓共和闹哄哄
还是独裁之秋赶走蚊蝇
好在我们都直立着
可以观天象，徒手挣脱了食物链
但十月的劳动力
还是倾向剩余：不需要画皮，烹饪
肉身当木柴，只有公的继续
将母的掀翻，朗诵她的美
但要说出“我爱你”
至少春花秋月的，还要两百万年

姜涛，1970年生于天津，曾先后就读于清华大学生物医学工程专业、北京大学中文系，现为北京大学中文系副教授，出版有诗集《鸟经》、批评集《巴枯宁的手》、论著《新诗集与中国新诗的发生》等。

古猿部落

树林里落满果实，猩红的地毯
源于地质的变迁
水退了，老虎的剑齿烂了
我们围着空地商量未来
老的刚从进化里爬出，挥老拳
少的已按耐不住舌头，要第一个
去吃梅花鹿，移山的志向没有
倒可以涉水，南方北方的
田野只是一张餐桌
所谓共和闹哄哄
还是独裁之秋赶走蚊蝇
好在我们都直立着
可以观天象，徒手挣脱了食物链
但十月的劳动力 [剩]
还是倾向于剩余：不需要画皮、烹烹饪
肉身当木柴，只有公的健侯
将母的掀翻，朗诵她的美

但要说出"我爱你"
至少春花秋月时，还要两百万年。

姜涛：《古猿部落》

蒋　浩

松花江半日

太突然，暴雨从江面喷进天空的烧酒瓶。
风越过顶点，涂抹新胎记中的柏拉图。

铁桥如单杠，悬着从对岸游乐园来接力
遛弯的信封。火车收割皮下叠伞的浪。

防波堤上小卖部的铁皮檐在树下眨着眼，
雨流进柜台，雨脚被紧攥的手心点燃。

防洪纪念塔尖在裤兜里的火车票上打印
日期，街边竖起上釉的手指边织边撕

纸牌里的蜃楼。你指点的迷津在冰糕里。
雨点如零钱，足以购买雨衣里套娃的

虚心。她拨着腰上的痣给一座岛打电话，
落地窗如潜水镜，罩住水管的波形鼻。

渡船不分你我，出租车捡漏你我的出神。
对岸有一个公社，此地独缺一台洗衣机。

飞机雕琢了一个巨大的浴缸，青涩香皂
被饶舌的泡沫绊倒了。花坛不是邮戳。

蒋浩，1971年生于重庆潼南。先后在成都、北京、海南和乌鲁木齐等地做过报刊编辑、记者、图书装帧设计、大学教师等工作。编辑《新诗》丛刊。著有随笔集《恐惧的断片》，诗集《修辞》、《喜剧》、《缘木求鱼》。

Date:　　　　page:

松花江半日　　蒋浩

太突然，暴雨从江面喷进天空的烧酒瓶。
风越過顶点，涂抹新胎記中的构图。

铁桥如单杠，悬着从对岸游乐園来接力
递弯的信封。火車收割岸下叠伞的浪。

防洪堤上小卖部的铁皮檐在树下眨着眼，
雨流進柜台，雨脚被紧攥的手心点燃。

防洪紀念塔尖在褲兜里的火车票上打印
日期，街边竖起上釉的手指油渍也撕

纸牌里的层楼。你指点的迷津在冰糕里。
雨点如零钱，足以购买雨衣里套娃的

虚心。他拨着腰上的表给一座岛打電話，
房比窗如潜水镜，罩住水管的渡船鼻。

渡船不分你我，云租車捡漏你我的元神。
对岸有一个公社，此地却缺一台洗衣机。

飞机雕琢了一个巨大的浴缸，青蛙鱼鬼
被烧去的泡沫绊倒了。夜去不是邮戳。

2009年11月26日，金盘

notebook

蒋浩：《松花江半日》

在密云水库消暑

如此慢下来的生活，足以令我满意。
看不到火车穿过平原，就看青虫在树叶上爬吧
上不了网，就看蜘蛛结丝罢。
一宿一场小雨，醒来时在鱼刺上撕破鱼皮
竟然感到了云腹摩擦山尖时的隐隐雷意。
而这么多悦耳的鸟声，同样
也不需要按小时计费。
一个白昼像一汪碧水漂着，但我只愿攫取其中的
　一滴。
作为一种放大了的闲逸
我可以在水库的大坝上悠闲地散步，并借此
继续对一汪碧水发出观望与感慨
如果往后看，那是一九五八年数以万计的民夫同
　时挥汗的场景
如果往前看，则是忙碌的北京城
天子与庶民，均取一瓢饮。

津渡，本名周启航，1974年11月生，湖北天门人，现居浙江海盐，著有《山隅集》、《鸟的光阴》等。

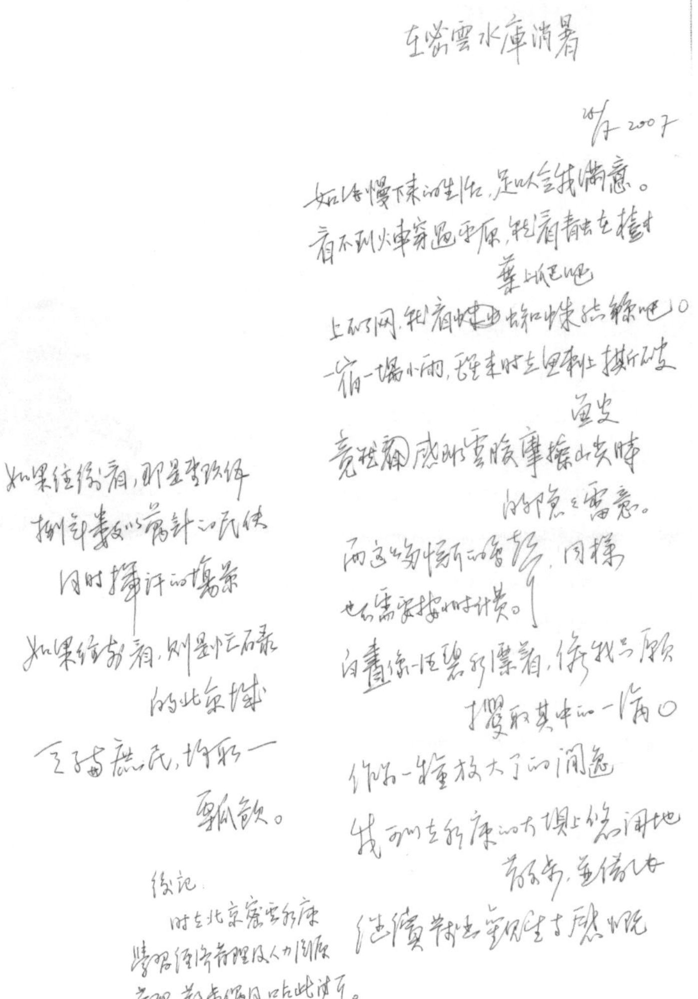
在密雲水庫消暑
津渡 2007
如此慢下來的生活，足以令我滿意。
看不到火車穿過平原，就看青蟲在樹葉上爬吧
上不了網，就看蜘蛛結網吧。
一宿一場小雨，醒來時在田埂上撕破魚皮
竟然感到雲腹拿捏出美時的隱隱雷意。
而這些多情的時光，同樣也不需要按小時計費。
白晝像一段碧綠的漂萍，任我只顧擷取其中的一角。
作為一種放大了的閑適
我可以在水庫的大壩上悠閑地散步，並借此
繼續掌握生命的感悟
如果往後看，那是歷史帶給
那些勤勞以苛斜的民族
同時揮汗的場景
如果往前看，則是忙忙碌碌的北京城
至於當下，我只取一瓢飲。
後記：
時在北京密雲水庫
學習經濟管理及人力資源
管理，逢節假日，以此消夏。

津渡：《在密云水库消暑》

康　城

东山的夜

大海是一床不安的棉被覆盖着你的睡眠
裸体的鱼群无法入睡，背部的肌肉
瘦成刺。

失眠就转身翻一次波浪，手是一张网
捕捉一定的长度。
它欢迎进入更深的离开，成为一座房子的阳台

对于渔民来说，一条鱼是一块砖瓦
或是一片玻璃
大海是一座不安的发电厂
是渔民住房的加工厂

波浪声在你的意识里清醒
一颗风动石填住你的全部睡眠
致命的触动
风，流过，石头迅速复活

石头分裂，在白天，1992年
在夜晚，它们则往秘密的中心聚集

康城，原名郑炳文，1972年生于福建漳州。毕业于福州大学电子工程系。2000年创办网络第三说诗歌论坛。著有诗集《溯溪》、《康城的速度》、《白色水管》，参与编著《漳州7人诗选》、《第三说》、《70后诗集》等。

东山的夜

康城

大海是一床不安的棉被覆盖着你的睡眠
裸体的鱼群无法入睡，背部的肌肉
磨成刺

失眠就转身翻一次波浪，手是一张网
捕捉一夜的长度

对渔民来说，鱼群是硬币
或是一片稻穗
大海是不安的发电厂

波浪声在你的意识里清醒
一粒风动石填住你的全部睡眠
致命的触动
风，流过，石头通过言语

石头分裂，在白天，1992年
在夜晚，它们则往我的中心聚集

2000.2.2

2012.3.3 重录

康城：《东山的夜》

李海洲

在成都

这无爱无恨的生活
这慵懒，这轻度的宋朝
人民在闲散的下游消磨意志
吐出自由和雨夜
吐出水流般的隐者。
峨冠的人垂钓世事
垂钓遁世的轻裘肥马。

可以回到天上去
可以让巨大的寂寞
在如鲫的音乐中守身如玉。
来吧，这田园
这兄弟的桑麻
这消沉的李白告别了锦官城。

世界是一枚枕头
抱着入睡，
或者哭醒，或者笑醒。
身后，中庸的成都落满了论语
庄子从梦中来
要和我天边对话。

李海洲，1973年生于重庆。16岁开始写作。主要作品有长诗《有容》、《母本》、《枕雨书》、《咖啡慢》，诗集《竖琴上的舞蹈》，长篇小说《一脸坏笑》等。2003年获得《星星》诗刊世界华语诗歌首奖。现居重庆。

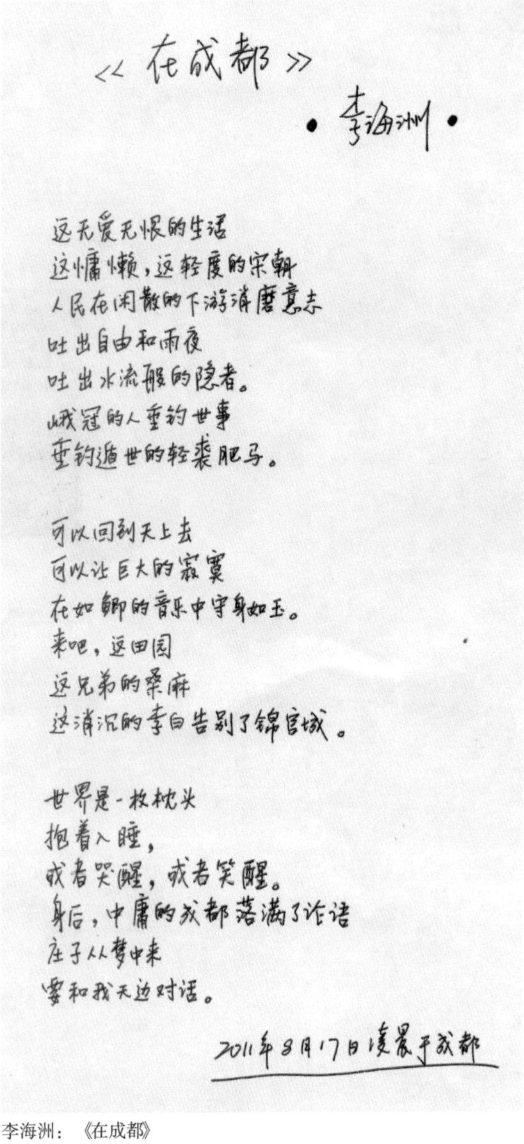
《在成都》

·李海洲·

这无爱无恨的生活
这慵懒，这轻度的宋朝
人民在闲散的下游消磨意志
吐出自由和雨夜
吐出水流般的隐者。
峨冠的人垂钓世事
垂钓遁世的轻裘肥马。

可以回到天上去
可以让巨大的寂寞
在如卿的音乐中守身如玉。
来吧，这田园
这兄弟的桑麻
这消沉的李白告别了锦官城。

世界是一枚枕头
抱着入睡，
或者哭醒，或者笑醒。
身后，中庸的成都落满了诗语
庄子从梦中来
要和我无边对话。

2011年8月17日凌晨于成都

李海洲：《在成都》

李师江

多　想

在华北平原上
我变成一粒芝麻
我玩得很高兴
但没人发现我

李师江，1974年生，福建蕉城人，1997年毕业于北京师范大学中文系，『下半身』诗群代表，现居北京，专职写作。在台湾出版《比爱情更假》、《肉》、《她们都挺棒的》等四部作品，内地出版长篇小说《逍遥游》、《福寿春》、《像曹操一样活着》等。

多想

在华北平原上
我变成一粒芝麻
我玩得很高兴
但没人发现我

2012.12.2

李师江：《多想》

林忠成

虚 无

蝴蝶起飞前为什么细雨绵绵
一个山谷太久无人前往

一列火车的远去为什么导致集体自杀
因为重的被运走，轻的被留下
为什么半夜的脚步使一个少女方寸大乱
因为她看了不该看的，听了不该听的

为什么秋天适于埋葬、冬天适于写诗
因为泪流不出去、矿采不上来

林忠成，出生于20世纪70年代，成长于福建永定。诗作被收入《21世纪中国文学大系·诗歌卷》、《中国诗典——1978至2008》、《中国新诗年鉴》等，民刊《大型诗丛》执行副主编。

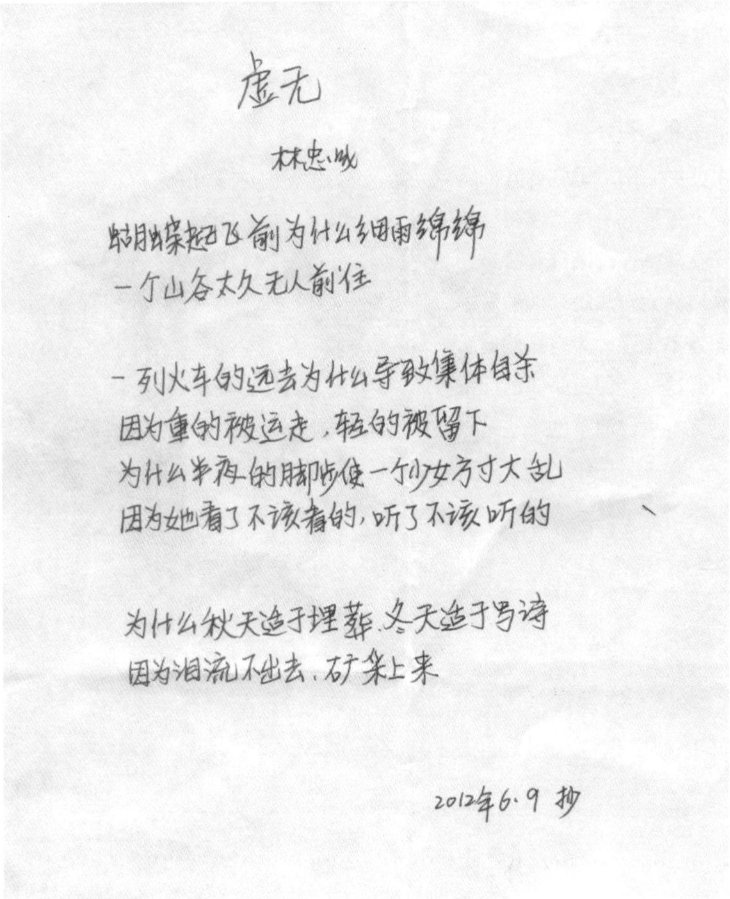
虚无

林忠成

蝴蝶起飞前为什么细雨绵绵
一个山谷太久无人前往

一列火车的远去为什么导致集体自杀
因为重的被运走，轻的被留下
为什么半夜的脚步使一个少女方寸大乱
因为她看了不该看的，听了不该听的

为什么秋天适于埋葬、冬天适于写诗
因为泪流不出去、矿朵上来

2012年6.9 抄

林忠成：《虚无》

请来我心中筑巢

请来我心中筑巢——羞惭，
夜耗尽它的沉思弥合光的缝隙，
树木蜷缩起身体恭候视线的追问。
又在降临——荣誉和胁迫，
妥协在大自然晦暗的静默中。
痛苦不识字，天空猛然退后，
闪开这一行明目张胆的标语。
笔记本里，潦草的字迹一点点接住陈年的雨水。

凌越，1972年生于安徽铜陵，1993年毕业于华东政法学院，现居广州。著有评论集《寂寞者的观察》、诗集《尘世之歌》。

请来我心中筑巢

凌越

请来我心中筑巢——羞惭，
夜耗尽它的沉思弥合光的缝隙，
树木蜷缩起身体恭候视线的追问。
又在降临——荣誉和胁迫
妥协在大自然晦暗的静默中。
痛苦不识字，天空猛然退后，
闪开这一行明目张胆的标语。
笔记本里，潦草的字迹一点点接住
陈年的雨水。

2011

中国华侨出版社
地址：北京市朝阳区安定路20号院3号楼
电话：编辑部：64443056 64443979
网址：WWW. oveaschin. com
e-mail：oveaschin@sina. com

凌越：《请来我心中筑巢》

刘　川

大人物的名字

每当看见
历史上
大人物的名字
我就无比好奇
这些名字还在
而这些大人物
到哪里去了

刘川，1975年生。祖籍辽宁省阜新县。曾获得人民文学奖、徐志摩诗歌奖、中国『天马』散文诗奖等。1999年参加诗刊社青春诗会。著有诗集《拯救火车》、《大街上》。现居沈阳。

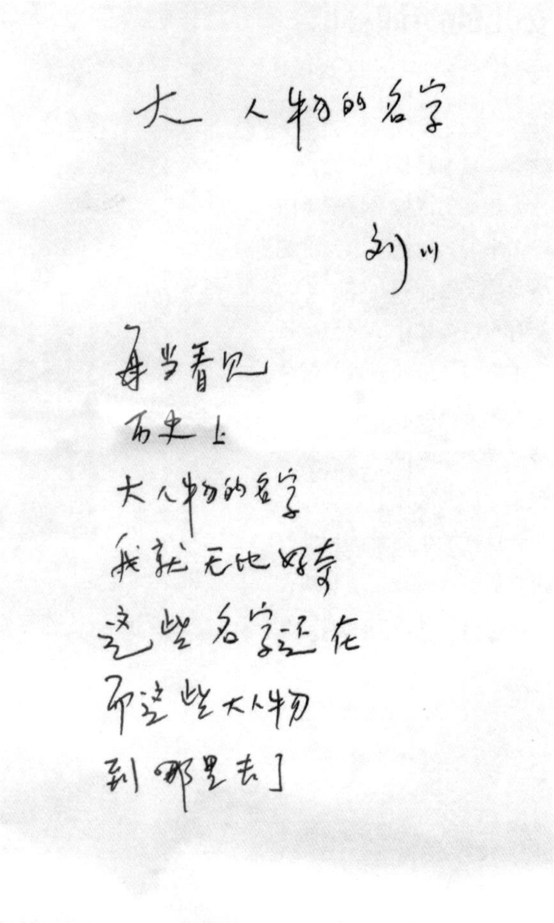
大人物的名字

刘川

每当看见
历史上
大人物的名字
我就无比好奇
这些名字还在
而这些大人物
到哪里去了

刘川：《大人物的名字》

刘 春

女儿的朗诵

朗诵和听故事，是她每日的功课，
她捧起书，你能感到清晨是属于她的；
她说：“春天来了，河流涨水，百花盛开。”
你的心开始柔软，眼前升起花园。
而黄昏需要有小白兔和小羊羔，
或者无数只小蝌蚪。她的要求很低——
小白兔在冬天不能被冻着，
小羊羔不会被大灰狼吃掉，
小蝌蚪找到了它们的妈妈。
我一度认为，这样的生活单纯而美好，
而走出家门之后，我就改变了想法，
戴上面具，不由自主地俯向尘埃。

刘春，诗人、评论家，1974年出生于广西荔浦。著有诗学随笔《一个人的诗歌史》（三部）、《朦胧诗以后》，随笔集《博尔赫斯的夜晚》、《或明或暗的关系》《让时间说话》，诗集《忧伤的月亮》、《运草车穿过城市》、《幸福像花儿开放》等。现居桂林。

女儿的朗诵

刘春

朗诵和听故事，是她每日的功课，
她捧起书，你能感到清晨是属于她的。
她说："春天来了，河流涨水，树木开花。"
你的心开始柔软，眼前升起花园。
而黄昏需要有小白兔和小羊羔，
或者无数只小蝌蚪。她的要求很低——
小白兔在冬天不能被冻着，
小羊羔不会被大灰狼吃掉，
小蝌蚪都能找到妈妈。
我一度认为，这样的生活单纯而美好，
而走出家门，我就改变了想法，
就会戴上面具，不由自主地俯向尘埃。

刘春：《女儿的朗诵》

吕 约

伴 侣

午后，我和一个瘸子
走在雪中

为了表示对他的尊敬
我请他先行一步

为了和他步调一致
我一瘸一拐

为什么
他动手揍我？

一个戴红手套的警察跑过来
用警棍一戳
我的左腿化为乌有

瘸子扶住了我
我们继续赶路

为了表示对好天气的尊敬
他请我先行一步

吕约，20世纪70年代出生于湖北，现居北京。90年代开始写作。著有诗集《破坏仪式的女人》、评论集《戴面膜的女幽灵》。

吕约

伴侣

午后，我和一个瘸子
走在雪中
为了表示对他的尊敬
我请他先行一步
为了和他步调一致
我一瘸一拐

为什么
他动手揍我？
一个戴红手套的警察跑过来
用警棍一戳
我的左腿化为乌有

瘸子扶住了我
我们继续赶路
为了表示对好天气的尊敬
他请我先行一步

吕约：《伴侣》

倮　倮

小世界

我的世界是一个小世界
只有我的家人、街坊和朋友
我居住的街道和两旁的芒果树
和每一片树叶，以及
每一片树叶的闪光

我身边的时光的消逝是缓慢的
一点，一点，一点……
我对世界的爱也是缓慢的——
我不追求永恒，但不放弃瞬间

我从身边的事物中汲取微弱的光
并让微弱的光消除内心的黑暗
顺便照亮我身边
那些也需要照亮的人

倮倮，原名罗子健，1972年出生于湖南衡阳。作品散见《诗刊》、《诗选刊》、《诗歌月刊》等刊物，出版诗集《给灵魂放风》、《我的中间生活》、《爱情埋伏在我必经的路上》、《其实我们都是风唱出的歌》等五部。现居广东中山。

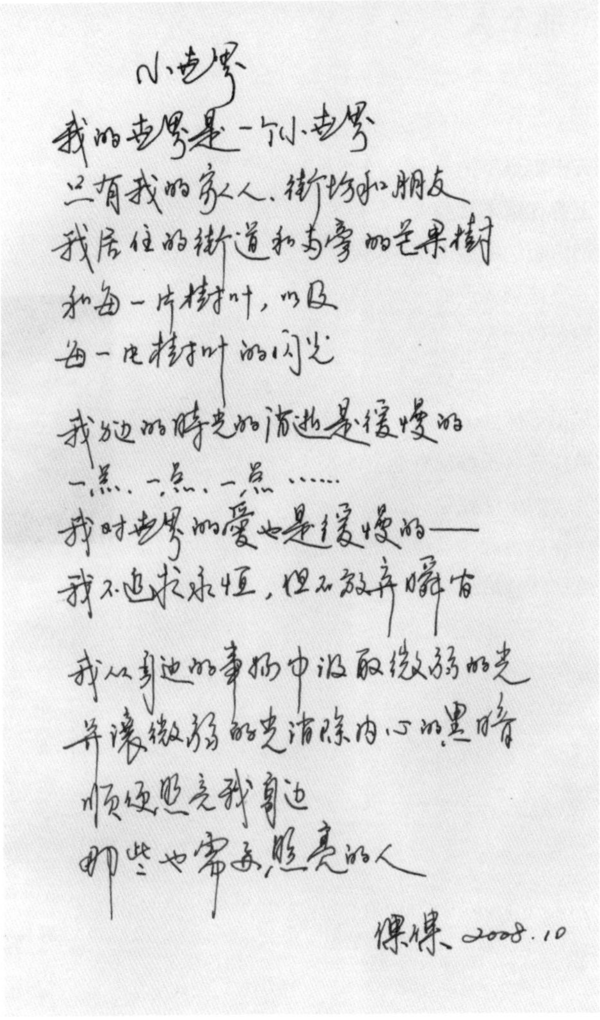
小世界

我的世界是一个小世界
只有我的家人、街坊和朋友
我居住的街道和街旁的芒果树
和每一片树叶，以及
每一片树叶的闪光

我知道时光的消逝是缓慢的
一点、一点、一点……
我对世界的爱也是缓慢的——
我不追求永恒，但不放弃瞬间

我从身边的事物中汲取微弱的光
并让微弱的光消除内心的黑暗
顺便照亮我身边
那些也需要照亮的人

倮倮 2008.10

倮倮：《小世界》

马　非

那个人

那个每天来得最早的人
那个早上都在拖走廊的人
那个能把短短的一截走廊
从八点一直拖到九点的人
那个我们单位的人

那个前年退了休的人
那个到退休连科长都没有混上的人
留给我唯一的记忆就是
他用一生在拖走廊
那截走廊居然越拖越脏

马非，本名王绍玉，诗人。1971年生于辽宁抚顺。毕业于陕西师范大学中文系。现在在青海人民出版社工作。著有诗集《一行乘三》（合著）、《致全世界的失恋书》、《马非诗选（2000–2006）》三部，长诗《残片》、《青海湖》、《履历》。

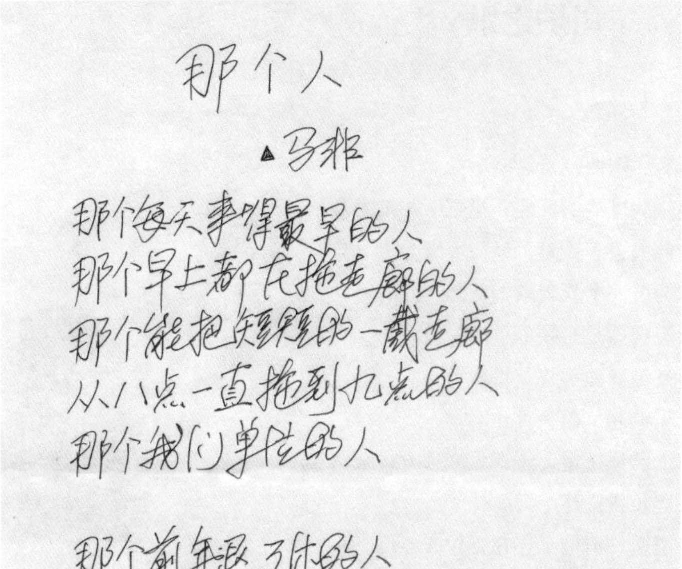
那个人

▲马非

那个每天来得最早的人
那个早上都在拖走廊的人
那个能把短短的一截走廊
从八点一直拖到九点的人
那个我们单位的人

那个前年退了休的人
那个到退休连科长都没混上的人
留给我唯一的记忆就是
他用一生在拖走廊
那截走廊居然越拖越脏

〈完〉

马非：《那个人》

马　拉

司炉之歌

挺直，弯曲，然后倒下
黑烟般燃烧的灵魂，只剩下灰黄的骨
有些人去了天堂，地狱人满为患
我为每一个死者献上花圈，此时
只有肉体是必须尊重的
所有的灵魂都将获得赦免
哀乐响起，雨一直在下
有人已经站定，还有人从远方赶来
乌鸦负责搭建上天的梯子
街道上，清洁工还在工作
信徒在教堂的钟声中划着十字
身体低垂，试图聆听上帝的声音
而我们负责把炉火点燃，以便清理人类

马拉，1978年生，诗人，小说家。毕业于华中科技大学新闻学院，现居广东。在《收获》、《上海文学》、《作家》、《大家》、《山花》等刊发表长篇小说、中短篇小说约百万字。著有诗集《安静的先生》。

司炉之歌

马拉

挺直，弯曲，然后倒下
黑烟般燃烧的灵魂，只剩下灰色的骨
有些人去了天堂，地狱人满为患
我为每一个死者献上花圈，此时
只有肉体是必须掌握的，
所有的灵魂都将获得救赎
哀乐响起，雨一直在下
有人已经确定，还有人从远方赶来
乌鸦负责搭建上天的梯子
街道上，清洁工还在扫下
信徒在教堂的钟声中划着十字
身体低垂，试图聆听上帝的声音
而我们负责把炉火点燃，以便清理人类

8.20 抄写

马拉：《司炉之歌》

梦亦非

咏怀诗·18

秋天，我一再想起湖泊

冷冽的空气下面
蓝色变浅，水层逐渐透明
乌鱼还未从石缝中游出
（它们的记忆只有五秒）

冷冽的空气上面
白色鸥鸟回旋、划出弧线
它们没有嫉妒之心

日子更趋向凉意
有如浆果细落，岸浪轻响

那时我行走在湖边
荒原静默不语，初日照高林

梦亦非，1975年生于贵州独山县翁台乡甲乙村，布依族，1997年创办与主编民刊《零点》，『地域写作』倡导者，『东山雅集』召集人。出版有《苍凉归途》、《碧城书》等诗歌、评论、长篇小说、随笔与学术著作近二十部。现居广州。

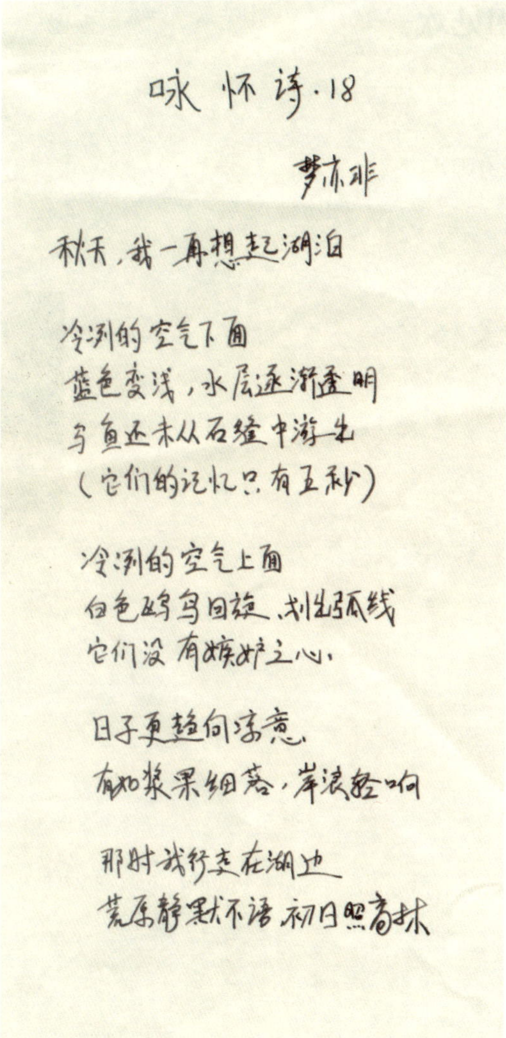
咏怀诗·18

梦亦非

秋天，我一再想起湖泊

冷冽的空气下面
蓝色变浅，水层逐渐透明
乌鱼还未从石缝中游出
（它们的记忆只有五秒）

冷冽的空气上面
白色鸥鸟回旋、划出弧线
它们没有嫉妒之心，

日子更趋向凉意
有如浆果细落，岸浪轻响

那时我行走在湖边
荒原静默不语，初日照高林

梦亦非：《咏怀诗·18》

魔头贝贝

相见欢

已经很久没有听见
清晨的鸟叫

光照在脸上
仿佛喜欢的人
来到身边

魔头贝贝，本名钱大全。1973年生于南阳卧龙岗。祖籍安徽。1988年开始写诗，中间辍笔，2001年触网后重新开始。曾获得第二届『不解诗歌奖』探索奖、第二届『中国诗歌突围年度奖』等。

相见欢

已经很久没有听见
清晨的鸟叫

光照到脸上
仿佛喜欢的人
来到身边

魔头贝贝

2012.6.30.生日写稿

魔头贝贝：《相见欢》

牧　斯

山口道长

没有事，
就到附近看看别人的墓碑，
很多人的墓碑，占满青山。
就像课堂上快速举手的孩子，
再也没给，放下去的机会。

每个人都在上面，说了一句话。
（有的只说出了自己的名字）
我偏好在这话语中穿行，
我喜爱这上面的草。
（有点诙谐，它过于诙谐）

每到夕光西下，
就有一个人要与我说话。
我得过去，我得过去。
多年来，
也差不多成了我的习惯。

这个人，诗人，
写下艾略特般的诗篇，
出版《多重逻辑》、《正诗》，
他死后的每一粒泥土，
每一项与他有关的事，都通了灵性。

牧斯，20世纪70年代生人，写诗多年，第三届滕王阁文学院特聘作家，著有诗集《作品中的人》。

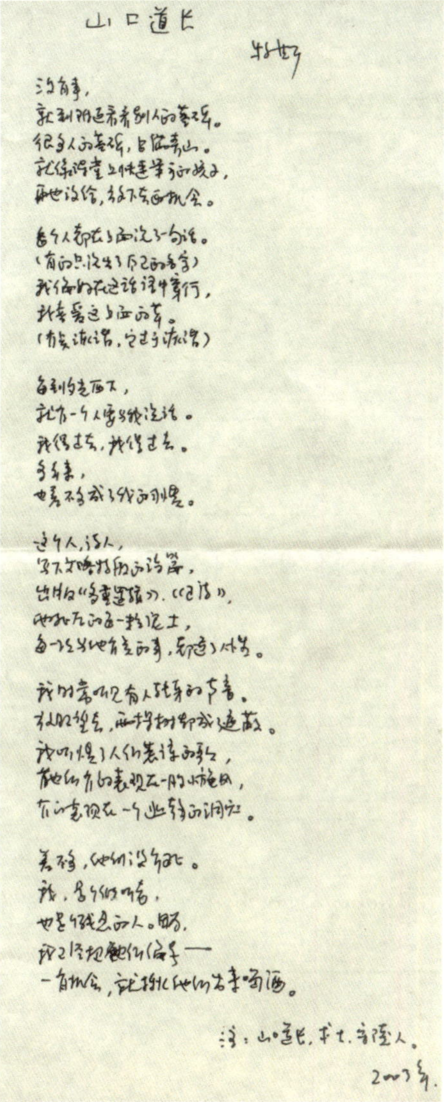
山口道长

牧斯

没有事，
就到附近来看别人的菜园。
很多人的菜园，占据青山。
就像山道上快要掉下的孩子，
再也没有，放下去的机会。

每个人都忘了要说的一句话。
（有的只说出了自己的名字）
我们都在这话语中穿行，
我喜爱这上面的草。
（有关谈话，它出于谈话）

每到傍晚西下，
就有一个人要与我说话。
我得走去，我得走去。
多年来，
也差不多成了我的习惯。

这个人，诗人，
写下无数精彩的诗篇，
出版《多重奏鸣》、《自传》，
他站在西面一块泥土，
每一天为她自己的事，都过了时节。

我时常听见有人说话的声音。
抬眼望去，而树林都成遮蔽。
我听懂了人们悠悠的歌，
就他们身的表现在一片小旋风，
在的表现在一个幽静的洞穴。

美好，他们没有孤独。
我，另个做听者，
也是个残忍的人。目前，
我已经把他们写了——
一有机会，就拉他们出来喝酒。

注：山口道长，本土，安陆人。

2003年。

牧斯：《山口道长》

我时常听见有人转身的声音，
放眼望去，两棵树却成了遮蔽。
我听惯了人们荒凉的歌，
他们有的表现在一股小旋风，
有的表现在一个幽静的洞穴。

差不多，他们没有死。
我，是个倾听者，
也是个残忍的人。因为，
我已经把他们编号——
一有机会，就揪他们出来喝酒。

注：山口道长：术士，守陵人。

《见字如面·70后诗人手稿展》现场（黄雪春/摄）

牛陷冰

重庆十年

大碗喝酒，大块吃肉
这现实里的梁山
多少美女视死如归涌进后宫
我过着从唐朝到大宋的好时光

实际上这战国一般混乱的重庆
我每年战死一个自己
被麻辣二兄以呕吐的方式谋害
那酒啊，那荡妇，那缠身的疾病
从里到外，把我粉刷一新

这筋骨，从此可以拿去搭成一座山
这血肉，从此可以拿去注成两条河
把一些人消化，进骨髓
把一些人放逐，去天边
这十年，剩下我和钥匙，一堆空酒瓶
剩下轻轻捂住体温的棉花

牛陷冰，本名游贤兵，现居重庆南岸。诗作入选《中国当代新诗选》、《当代诗人代表作精选典藏》、《重庆诗歌年鉴》、《新世纪十年川渝诗歌大展》等多种选本。『中国现在主义』诗派成员。

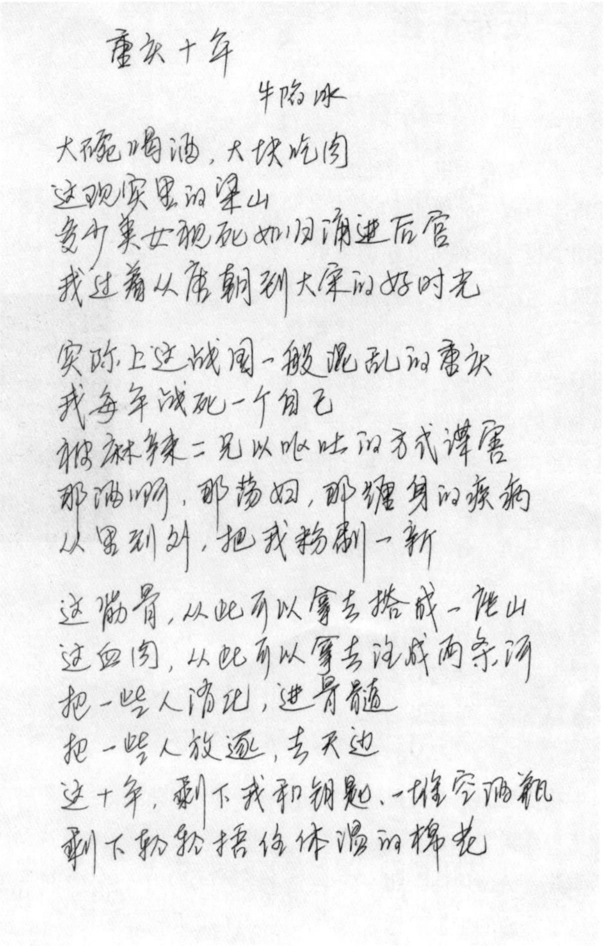
重庆十年
牛陷冰
大碗喝酒，大块吃肉
这现实里的梁山
多少美女视死如归涌进后宫
我过着从唐朝到大宋的好时光

实际上这战国一般混乱的重庆
我每年战死一个自己
被麻辣二兄以呕吐的方式谋害
那酒啊，那荡妇，那缠身的疾病
从里到外，把我粉刷一新

这肋骨，从此可以拿去搭成一座山
这血肉，从此可以拿去注成两条河
把一些人消化，进骨髓
把一些人放逐，去天边
这十年，剩下我和钥匙、一堆空酒瓶
剩下软软搭住体温的棉花

牛陷冰：《重庆十年》

潘漠子

一支牵牛花

一支牵牛花，在春天里，使劲地爬上春天
好像要拼命挣脱　大地的束缚
她纤瘦的手指　像伸入天空的钩子
她多想借助另一个身体　把希望延长

仅仅有阳光是不够的　雨水也救不了她
一支牵牛花的幸福应该是攀援的一生
而今她匍匐在地上　像了无生机的蛇皮

她仅仅希望身边　有一个站立的物体
哪怕是一幅冰凉的躯壳
只要站着　一直站着
她就可以为它输入绿色的血液
并促使这幅躯壳　重新说话

一支牵牛花　只想把花开得与太阳近一点
只想把花　开得和风雨亲一点
一支牵牛花　拼命地向上爬　向上飞
只想离这个浑浊的尘世　远一点　再远一点

潘漠子，1972年出生，诗人、雕塑家。安徽怀宁人。著有《需要》、《人物志》、《长城》、《暧昧》、《汶川恋歌》、《诗人的深圳生活》等数十首长诗。现居北京宋庄。

一支牵牛花

一支牵牛花，在春天里 使劲地爬上春天
好像要拼命挣脱 大地的手掌
她伸长的手指 要伸入天空的胸口
她多想借助另一个身体 把希望再延长

仅仅有阳光是不够多的 雨水也救不了她
一支牵牛花的幸福应该是 攀援的一生
而当她匍匐在地上 象了无生机的蛇皮

她仅仅希望身边 有一个站立的物体
哪怕是一幅冰凉的躯壳
只要站着 一直站着
她就可以为它输入绿色的血液
并促使这幅躯壳 重新焕活

一支牵牛花 只想把花开得与太阳近一点
只想把花 开得和风雨亲一点
一支牵牛花 拼命地向上爬 向上飞
只想离这个浑浊的尘世 远一点 再远一点

潘漠子
2012.6.18 于[illegible]

潘漠子：《一支牵牛花》

荷兰回来我只剩下一只耳朵

我怀揣剪刀
穿过整个欧洲，去剪一个说谎人的耳朵
白天我躲在草丛里
晚上我行军
夹紧尾巴
深夜，有人从我身边飞过去
我看到樱桃，由黄变黑
荒凉的麦地里，站着一个播种的人

所有的人都离开欧洲去以色列，所有的人都瞎
了
所有人的腋下都开始发痒
上帝说每个人一副翅膀吧
让他们都变成鸟
在荷兰，我夹紧尾巴
躲在河边
有人从我身边飞过去
只有一只耳朵

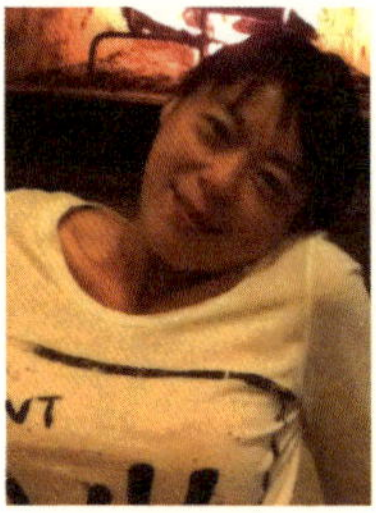

桥，原名何庄宁，浙江杭州人氏，曾任编辑，后在深圳创业，现居深圳。1998年10月起，以网络为诗歌起点，是中国第一代网络诗人。先后出版过《和好人恋爱》及《第二季水瓶谷物》个人作品集。

荷兰回来我只剩下一只耳朵

我怀揣剪刀
穿过整个欧洲，去剪一个说谎人的耳朵
白天我躲在草丛里
晚上我行军
夹紧尾巴
深夜，有人从我身边飞过去
我看到樱桃，由黄变黑
荒凉的麦地里，站着一个播种的人

所有的人都离开欧洲去以色列，所有的人都瞎了
所有的人腋下开始发痒
上帝说给人一副翅膀吧
让他们都变成鸟
在荷兰，我夹紧尾巴
躲在河边
有人从我身边飞过去
只有一只耳朵

桥

2012. 7. 4

桥：《荷兰回来我只剩下一只耳朵》

晴朗李寒

石头盖着雪

大雪淹没了石头，
大雪覆盖了大地最坚硬的部分。
大雪下的石头闭紧了嘴唇。

大雪下的石头一言不发。
大雪，也不说话。
它们在黑暗中找到了对方。

石头不能跑开。
大雪不可能落到别处。
或许是飘飞的大雪，
始终在追逐着奔跑的石头。

大地上只有雪和石头，
黑上之白，
白上之黑。
一群归巢的乌鸦找不到落脚之处。

晴朗李寒，诗人，译者，编辑。河北河间人，生于1970年10月。毕业于河北师范学院外语系。出版诗集《三色李》（合集）、《空寂·欢爱》，译集《俄罗斯当代女诗人诗选》、《午夜的缪斯：阿赫玛托娃诗选》、《英娜·丽斯年斯卡娅诗选》。

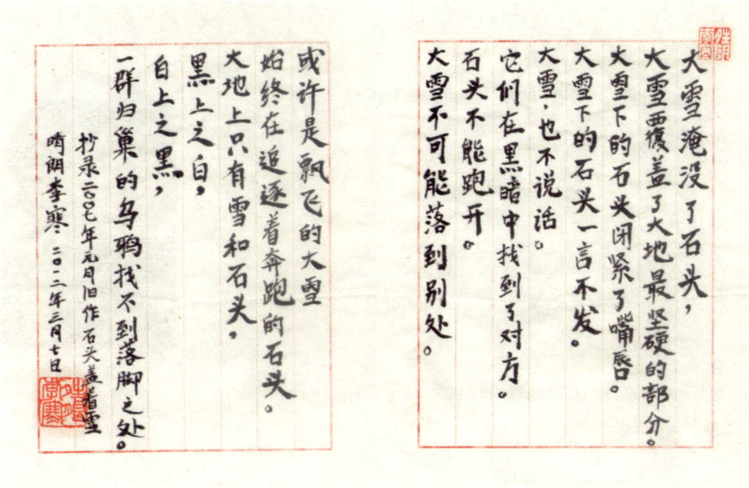
大雪淹没了石头，
大雪覆盖了大地最坚硬的部分。
大雪下的石头闭紧了嘴唇。
大雪下的石头一言不发。
大雪，也不说话。
它们在黑暗中找到了对方。
石头不能跑开。
大雪不可能落到别处。
或许是飘飞的大雪
始终在追逐着奔跑的石头。
大地上只有雪和石头。
黑上之白，
白上之黑，
一群归巢的乌鸦找不到落脚之处。
抄录二〇〇七年元月旧作石头盖着雪
晴朗李寒 二〇一二年三月七日

晴朗李寒：《石头盖着雪》

柚　子

母亲从记忆中为我偷来了柚子
在邻村的山坡上，她用砍柴的刀
切割着柚子金黄色的皮
辛辣的汁液，溅在了母亲的脸颊上的汗珠里
溅落在我仰着的眼眶
我的眼泪与母亲的汗水一同消失在焦黄的泥土中
随后的时光是纯粹而甜蜜的
偷窃的羞耻并未抵达我们
我坐在母亲的左侧，捧着半个刚刚被她那双沾满
　泥土的手掰开的柚子
它的另一半捧在哥哥那双纤细而苍白的手中
哦，那时
他还没有走入那消失者的行列
母亲坐在我们中间，手中握着刀子
她心满意足地看着我们

泉子，1973年10月出生，浙江淳安人，著有诗集《雨夜的写作》、《与一只鸟分享的时辰》、《拾遗集》，诗画对话录《从两个世界爱一个女人》。曾获2007年度刘丽安诗歌奖、2010年度中国青年诗人奖等，现居杭州。

柚子

母亲从纪山中 为我偷来了柚子
在邻村的山坡上，她用砍柴的刀
切割着柚子金黄色的皮
辛辣的汁液，溅在了母亲脸颊上的汗珠里
溅落在我仰着的眼眶
我的眼泪与母亲的汗水一同消失在焦黄的泥土中
随后的时光是纯粹而甜蜜的
偷窃的羞耻并没有抵达我们
我坐在母亲的左侧，捧着半个刚刚被她那双
沾满泥土的手掰开的柚子
它的另一半捧在哥哥那双纤细而苍白的手中
哦、那时
他还没有走入那消失者的行列
母亲满意地坐在我们中间，手中握着刀子
她心满意足地看着我们

泉子

泉子：《柚子》

沈　鱼

站在世界尽头

站在世界尽头，还有什么不能放弃，还有什么不能被原谅
但这倒数的余生，还得数着过，嘴里念着“珍惜”
当然，如果你念“阿弥陀佛”也可以

草木之心，动物之心，人之心，是一颗心
在地球上跳动。我爱上了世界的血，大地凌乱的骨头
我爱上了衰老的肉，那些无端的呢喃、梦呓、废话和谶语

我知道必须沉默，但在此之前，我必须表达
“我爱你”，坐对空山，我必须倾诉
我仍受困于肉体的地狱，我还有性欲、温饱和情感之需

唯有枯寂的灵魂不朽，但在此之前，请允许我
先把世上的亲人爱完，这是我在世界的唯一任务

沈鱼，本名沈俊美，1976年生于福建省诏安县，先后毕业于厦门大学、暨南大学。1998年开始写作，编印有个人诗集《静止的桥》、《烟火》、《左眼明媚，右眼忧伤》、《站在世界尽头》等。2003年创办硬骸堂中文网，主编《硬骸诗刊》。

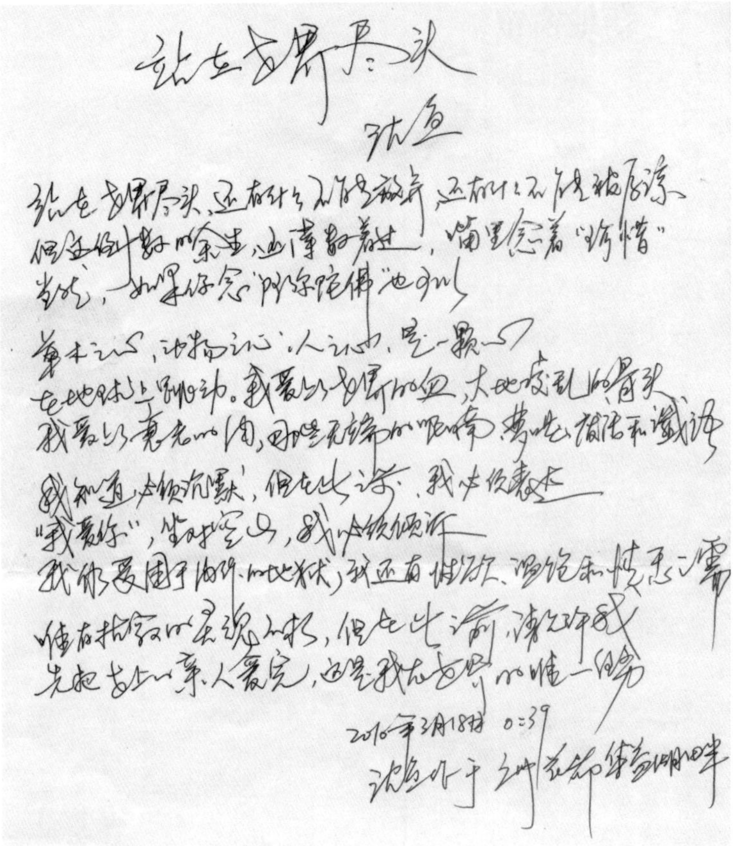
站在世界尽头

沈鱼

站在世界尽头，还有什么不能放弃，还有什么不能被原谅
但在你十指的余生，也曾静默着，嘴里念着“珍惜”
当然，如果你念“阿弥陀佛”也可以

草木之心，动物之心，人之心，是一颗心
在地球上跳动。我爱你世界的血，大地疼乱的骨头
我爱你衰老的河，那些无辜的眼睛，黄昏、猜疑和谎话

我知道，必须沉默，但在此时，我必须表达
“我爱你”，坐在塔尖，我必须倾诉
我仍爱着你的地狱，我还有悲伤、温饱和情思之需

唯有指纹的表现力，但在此前，请允许我
先把世上的亲人爱完，这是我在世界的唯一信仰

2016年3月18日 0:39
沈鱼作于云南布谷鸟湖畔

沈鱼：《站在世界尽头》

竖

落地窗帘

她把窗帘挂在客厅的中间
这样
客厅分成了两个部分
我们仍然在原来的地方吃饭
在原来的地方睡觉

在吃饭的地方
看不见睡觉的地方
在睡觉的地方
看不见吃饭的地方
看见的是
窗帘正面或反面

常常
我在窗帘这一边
想想窗帘那一边
偶尔，还会掀开窗帘
看看是不是
和我想得一样

竖，原名侯献波。1972年出生于上海。2000年成为博库网签约作家，并推出电子书《一个人可以是一次天黑》，同年参与创建橡皮先锋文学网，成为『废话』成员。2009年加入『坏蛋出版计划』，出版诗集《和一个混蛋去埃及》。现定居上海。

落地窗帘

她把窗帘挂在客厅的中间
这样
客厅分成了两部分
我们仍然在原来的地方吃饭
在原来的地方睡觉

在吃饭的地方
看不见睡觉的地方
在睡觉的地方
看不见吃饭的地方
看见的是
窗帘，正面或反面

常常
我在窗帘这一边
想想窗帘那一边
偶尔，还会掀开窗帘
看看是不是
和我想得一样

竖

竖：《落地窗帘》

宋烈毅

绳子的故事

一根绳子　两个自杀的人
两次企图　遇上了一根
不能重复使用两次的绳子
两根绳子　曾经是一个
绝望的人　曾经是一根绳子
一根绳子　分成了两根绳子
两根绳子　不能给一个
想要自杀的人　给两个人
两根绳子　也不能同时给两个人
两次企图　遇上了两根
不能同时使用的绳子
一个人　企图两次使用
一根绳子　另一个人
企图一次使用两根绳子
他们拉断了绳子

宋烈毅，先锋诗人，散文写作者，现居安庆。诗歌发表于《诗刊》、《诗选刊》、《星星》等刊物，并入选《60年中国青春诗歌经典》、《中国诗典1978—2008》、《中国新诗年鉴》等选本。曾获第30届香港青年文学奖新诗高级组冠军。

绳子的故事

宋烈毅

一根绳子　两个自杀的人
两次企图　遇上了一根
不能重复使用两次的绳子
两根绳子　曾经是一个
绝望的人　曾经是一根绳子
一根绳子　分成了两根绳子
两根绳子　不能给一个
想要自杀的人　给两个人
两根绳子　也不能同时给两个人
两次企图　遇上了两根
不能同时使用的绳子
一个人　企图两次使用
一根绳子　另一个人
企图一次使用两根绳子
他们拉断了绳子

（作于1998年9月24日）

宋烈毅：《绳子的故事》

苏　浅

隔壁之远

邻居在另一扇门后面
邻居在自己的锁里
邻居从不使用我的钥匙
只在薄薄的相遇与陌路之间
与我隔着墙
仿佛苹果，挨着梨

苏浅，出生于20世纪70年代初。辽宁人。居大连。暂居北京。著有诗集《更深的蓝》、《出发去乌里》（台湾版）。曾获《诗选刊》『2004中国年度先锋诗歌奖』等。诗作入选多种选本。

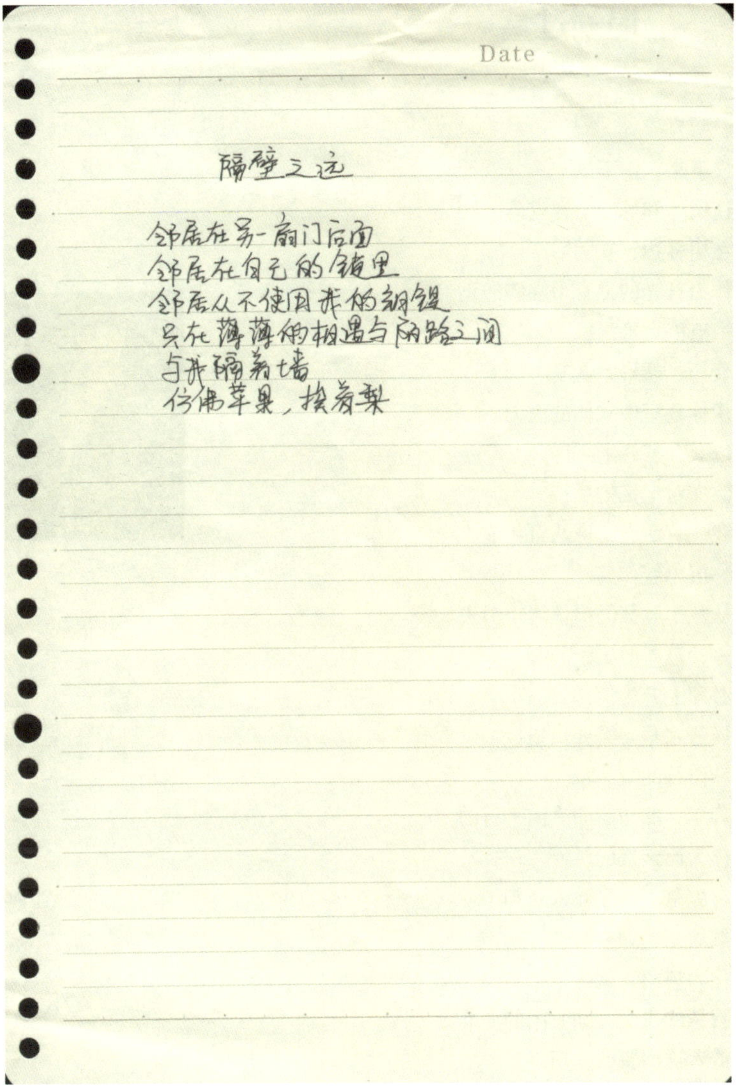

隔壁之远

邻居在另一扇门后面
邻居在自己的锁里
邻居从不使用我的钥匙
只在薄薄的相遇与陌路之间
与我隔着墙
仿佛苹果，挨着梨

苏浅：《隔壁之远》

苏　野

谒刘过墓

慢下来，慢下来
让肉体和灵魂一样安静
在树林边，在阴影
作为日光的强有力注脚的正午
一点一点隐没
衰朽、遁形，恢复
像你墓室中立体的虚无
以及，墓碑上
铭文对记忆的反抗
我一直活着，像八百年前
你沉思着如何
从数不胜数的肉体之中消失
一种钉子般尖锐的善
必须上升为信仰
痛苦之幂，需要负指数
和修行的减速带
暮年，那与时间之河平行的
伟大而谦逊的缓慢
首先是不为多数人所知
然后是不为神所知
化为树荫，化为
智慧的飞尘，和时间的一部分
或者这山脚的一切
化为你。风从不思考不朽

苏野，1976年生，从事诗歌和文论写作，作品散见于《诗歌月刊》、《扬子江》、《诗潮》、《诗林》、《诗江南》及《诗歌与人》、《后天》、《诗歌现场》等民刊，现居苏州古镇同里。

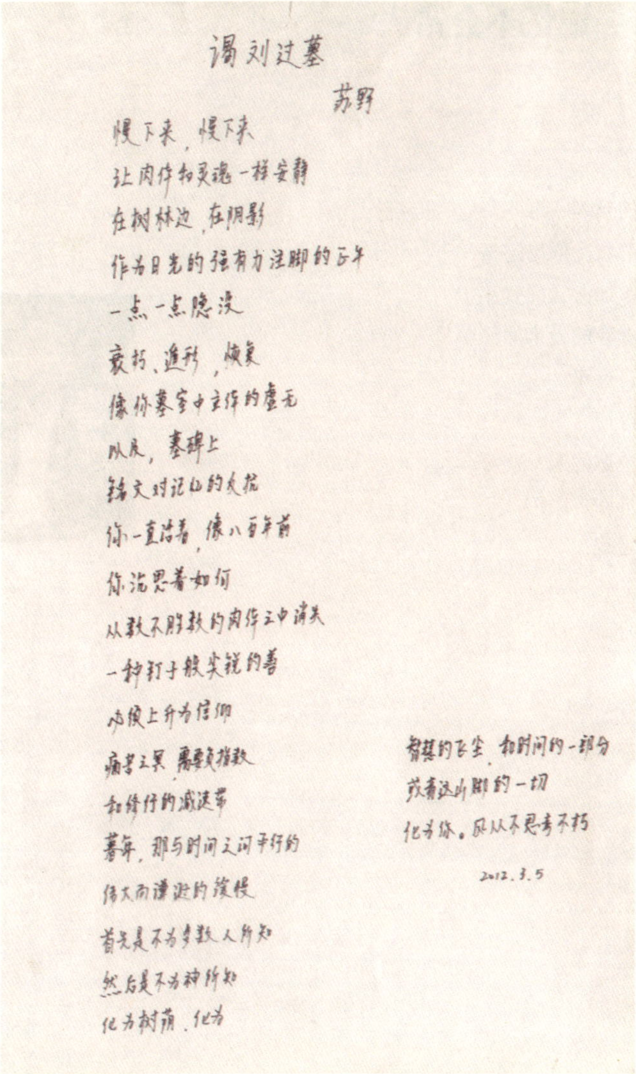
谒刘过墓

苏野

慢下来，慢下来
让肉体和灵魂一样安静
在树林边，在阴影
作为日光的强有力注脚的正午
一点一点隐没
衰朽、变形，倾覆
像你墓室中主体的虚无
以及，墓碑上
铭文对记忆的支撑
你一直活着，像八百年前
你沉思着如何
从数不胜数的肉体之中消失
一种钉子般尖锐的善
然后上升为信仰
痛苦之果，需要负指数
和修行的减速带
暮年，那与时间之间平行的
伟大而谦逊的缓慢
首先是不为多数人所知
然后是不为神所知
化为树荫，化为
智慧的飞尘，和时间的一部分
成为这山脚的一切
化为你。即从不思考不朽

2012.3.5

苏野：《谒刘过墓》

孙　磊

记忆不会错失

多久了
青春的频闪
给我的数次低昂定格
渡世，如渡猛虎残年
还是青春的爱来得简单
一辆自行车
一次等待
一个单恋的人
一场灯昏声闲的
傍晚之戏

孙磊，1971年生于济南。任教于中央美术学院实验艺术系、山东艺术学院美术学院。诗人、艺术家。曾获『柔刚』诗歌奖、首届『中国年度最佳诗歌奖』等奖项。著有《演奏：孙磊诗集》、《孙磊画集》、《独立与寂静的话语》等。主编民刊《谁》。

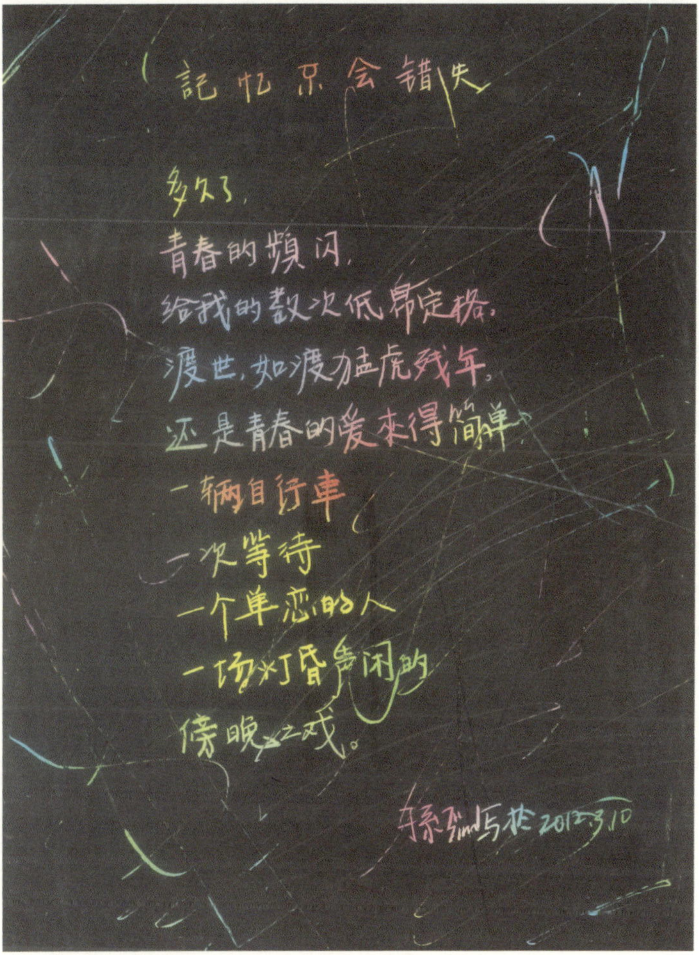

記忆不会错失

多久了，
青春的频闪，
给我的数次低昂定格，
渡世，如渡猛虎残年。
还是青春的爱来得简单，
一辆自行車
一次等待
一个单恋的人
一场灯昏声闲的
傍晚之戏。

孙磊写於2012.3.10

孙磊：《记忆不会错失》

谭克修

春天带不走的事物

窗外，阳光开始播放春天撤退的消息
那些春天里的事物，正被陆续带走
那些过于放纵的雨，那些携带着剪刀的风
那些风中痴笑着的花儿
那些花儿一样的，满怀心事的少女
那些少女的神秘的贞操
那些贞操，有多少献给了爱情
那些爱情，被春天诱发的爱情
有多少需要坚持，有多少让人怀想
有多少献给了盘算
那些盘算，啊，那些躺在暗处的盘算
今年春天带不走的事物，是那无边的盘算

谭克修，1971年5月13日生于湖南隆回，1995年毕业于西安建筑科技大学建筑系。获过『2003年中国年度诗歌奖』、『1986-2006年中国当代十大新锐诗人』称号。著有诗集《三重奏》。创办并主编《明天》诗刊。

春天带不走的事物

窗外，阳光开始播放春天撤退的消息
那些春天里的事物，正被陆续带走
那些过于放纵的雨，那些携带着剪刀的风
那些风中痴笑着的花儿
那些花儿一样的，满怀心事的少女
那些少女的神秘的贞操
那些贞操，有多少献给了爱情
那些爱情，被春天诱发的爱情
有多少需要坚持，有多少让人怀想
有多少献给了墓草
那些墓草，啊那些躺在坟墩上的墓草
今年春天带不走的事物，是那些过世的墓草

谭克修 2012.4.22

谭克修：《春天带不走的事物》

唐朝晖

中国瓷，你的神迹

（二十六）

你不敢去等待，身体太重，沉到无法控制身体那一场又一场的断杀。

看着自己的念头横行于身体，而你什么也做不了，夜的露珠凝聚着树叶的秘密，不吐一字，精华毕现。

滔天的洪水从身体泄出，伤害灵魂的天使，淹没那白色的一朵朵细小的高山雪莲，四十年了，雪莲第一次从你的身体里长出，你臣服于植物的王国，太多的美丽，从你身边风云而过，独独你的翅膀，煽动一河的银光。

唐朝晖，1971年出生，湖南湘乡人，中国作家协会会员。某杂志主编。出版有《梦语者》、《心灵物语》、《勾引与抗拒》等散文诗集。作品上榜《北京文学》举办的『当代中国文学最新作品排行榜』。

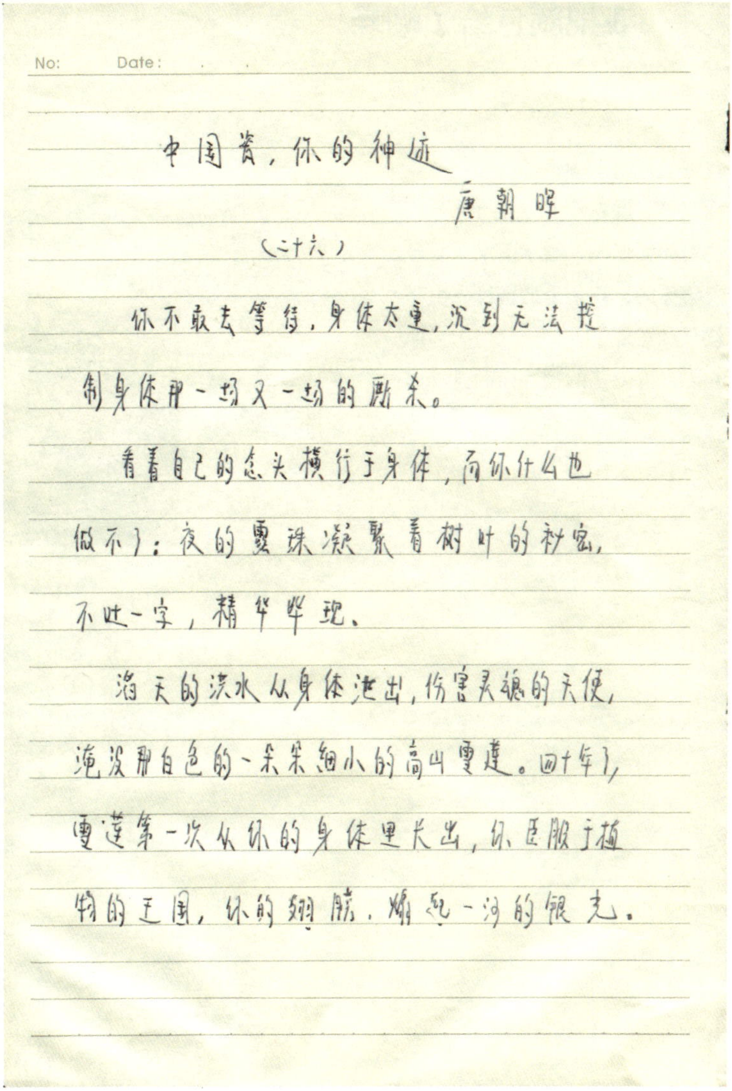
No: Date:

中国瓷，你的神迹

唐朝晖

（二十六）

你不敢去等待，身体太重，沉到无法控制身体那一场又一场的厮杀。

看着自己的念头横行于身体，而你什么也做不了：夜的露珠凝聚着树叶的秘密，不吐一字，精华毕现。

滔天的洪水从身体泄出，伤害灵魂的天使，淹没那白色的一朵朵细小的高山雪莲。四十年了，雪莲第一次从你的身体里长出，你臣服于植物的王国，你的翅膀，燃起一河的银光。

唐朝晖：《中国瓷，你的神迹（二十六）》

唐　果

我把颜色给了蝴蝶

我把颜色给了蝴蝶
香气给了麻雀
花瓣的弧形——给了雨水
留给你的，我亲爱的蜜蜂先生
就只剩花蕊了
它因含着太多的蜜，而颤抖

唐果，本名唐阳凤，20 世纪 70 年代初生于四川，现居云南芒市。1998 年开始诗歌写作，2005 年出版诗合集《我的三姐妹》（与李小洛、苏浅合著），2007 年自印诗集《唐果在传说》。

我把颜色给了蝴蝶

我把颜色给了蝴蝶
香气给了麻雀
花朵弯曲的弧形，给了雨水
留给你的，我亲爱的蜜蜂先生
就只剩花蕊了
也因含着太多的蜜，而颤抖

2012.5.7 唐果

唐果：《我把颜色给了蝴蝶》

陶　春

意　外

幽冥中　一匹敏捷躯体上
游荡的山猫
喷吐出刺骨低嚎
昂然阔首越过栅栏
在蹲下的腿间
慢悠悠巡视
额顶上两颗碧绿燃烧的宝石
已不再是吞吃光线与形象的眼睛
而是捶打与被捶打
发现与被发现
抬头相互打量
凿开源源不断的创生地
混淆了无数个白昼与夜晚
正与反书写
的无根字体上真实虚构的世界
遭遇到此时一丝古怪气流
瞬间颤栗的刀刻
而深深沉入
永劫不复的梦与无人唤醒之境

陶春，1971年生。20世纪90年代初开始诗歌创作。民刊《存在诗刊》主要编辑。存在诗歌论坛主持。主编有《存在十年诗文选》、《新世纪十年川渝诗歌大展》等选本。著有诗集《时代之血和它的冷漠骑手》。现居四川内江。

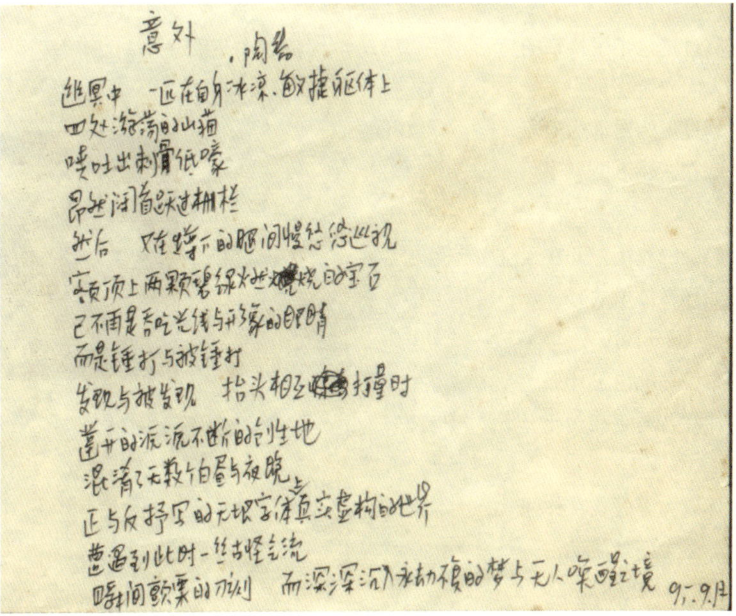
意外

陶春

幽冥中 一匹在白月冰凉、敏捷躯体上
四处游荡的山猫
喷吐出刺骨低嚎
昂然阔首跃过栅栏
然后 在蝶开的瞬间慢悠悠出现
头顶上两颗碧绿燃烧的宝石
已不再是吞吃光线与形象的眼睛
而是锤打与被锤打
发现与被发现 指头相互打撞时
蓦开的漩流不断的创生地
混淆了无数个白昼与夜晚
正与反抒写的无垠字体上真实虚构的世界
遭遇到此时一丝古怪之流
瞬间颤栗的刀刈 而深深沉入永劫不復的梦与无人唤醒之境 95.9.月

陶春：《意外》

王　琪

轻舟已过

万重山再远
莫过这以半生换来的
人间春色
划过更为遥远的河流
现在，还不能靠岸

迟疑的花团，开在天空
如你身体里的轻
起伏于川道
布谷鸟唱出了什么
让往昔与明朝如此上下跌宕

你以为雾气绕在林间
静谧会四处流动
“忽如一夜春风来”
薄薄的尘世
空洞只是它极小的一部分

山峦一点点消退，瘦小
在假设的涛声拍岸处
额头上的凉
从哪一株竹叶上飘来
都难以抹掉

王琪，男，20世纪70年代生于陕西华阴。著有诗集《远去的罗敷河》、《边缘人》等。参加诗刊社第27届青春诗会。《延河》下半月副主编，《秦都》副主编，《陕西青年诗选》(年度)执行主编。

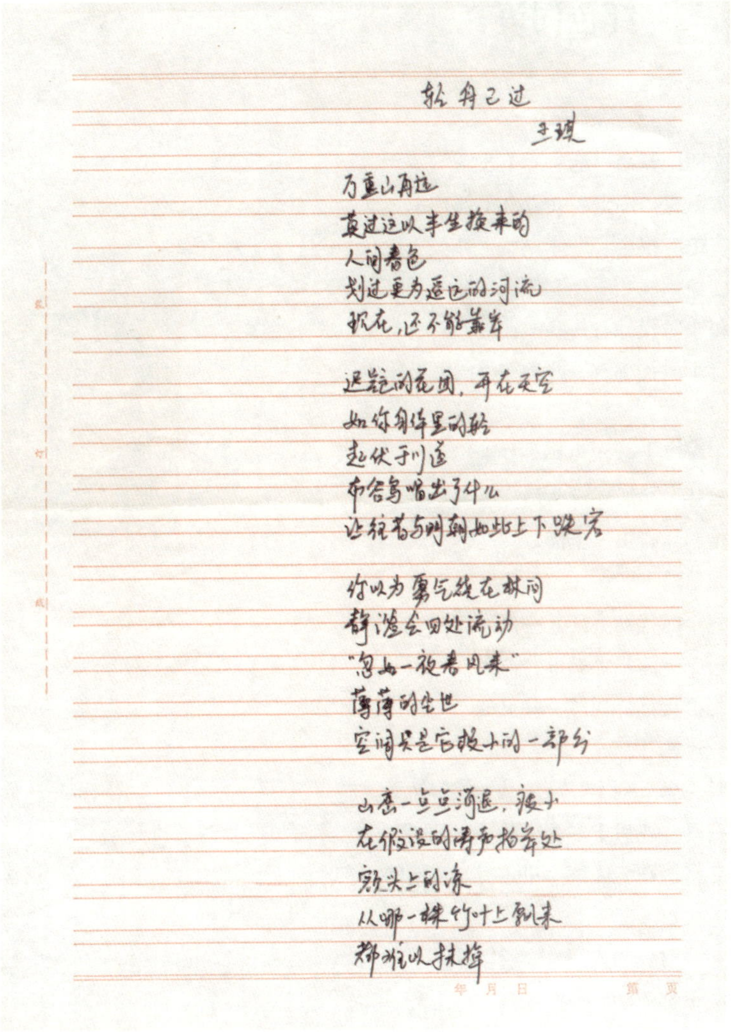

轻舟已过

王琪

万重山再远
莫过这以半生换来的
人间春色
划过更为遥远的河流
现在，还不能靠岸

迟疑的花园，再在天空
如你身体里的轻
起伏于川道
布谷鸟唱出了什么
让绝着与时刻如此上下跌宕

你以为勇气缠在林间
静谧会四处流动
"忽如一夜春风来"
薄薄的尘世
空阔只是它极小的一部分

山峦一点点消退，缩小
在假设的涛声拍岸处
额头上的凉
从哪一株竹叶上飘来
都难以抹掉

王琪：《轻舟已过》

魏　克

红色词语

文明　革命　地主　土改
大跃进　国营　知青　干部
官僚　粮店　个体户

每个时代都有一些词在被人们咀嚼
每个时代都有一些词在嘎巴嘎巴作响

下海　大款　小秘　艾滋病
腐化　炒股　洗头房　吸毒
传销　打工　下岗

每个时代都会泛起一些泡沫
每个泡沫都点燃过一群火
每群火都烧死过一些灵魂

马克思　列宁　高尔基　托尔斯泰
荷马　亚里士多德　孔子　凡·高
弗洛伊德　庞德　里尔克　金斯堡

每个时代的人
脚下都流动着一些漩涡
每个时代
都有一些名字啃掉了我们的骨头

魏克，70后代表诗人，职业漫画家。1970年生于安徽肥东县。1997年毕业于中央戏剧学院戏剧文学系。2002年，参加《诗刊》社『第18届青春诗会』。2007年，策划『首届中国现代诗画大展』。

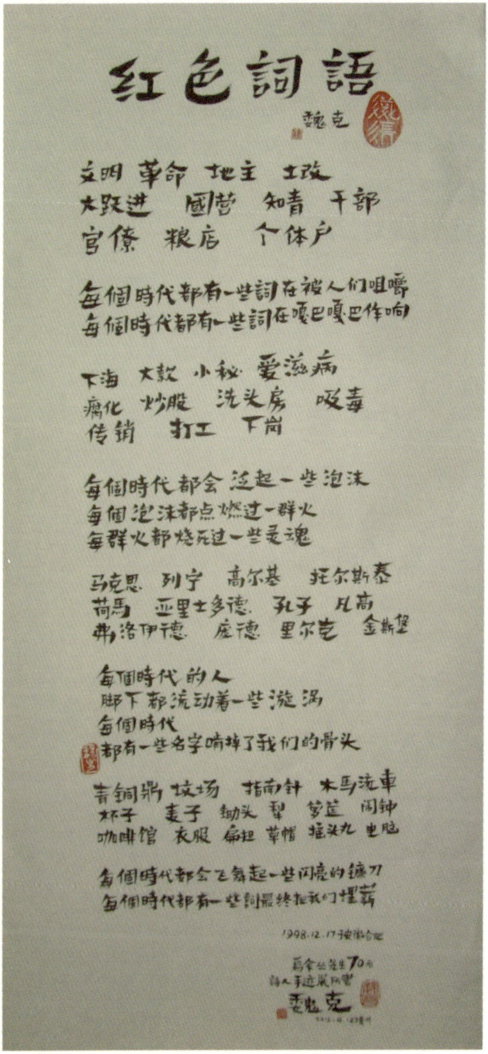

红色詞語

魏克

文明 革命 地主 土改
大跃进 國营 知青 干部
官僚 粮店 个体户

每個時代都有一些詞在被人们咀嚼
每個時代都有一些詞在嘎巴嘎巴作响

下海 大款 小秘 爱滋病
腐化 炒股 洗头房 吸毒
传销 打工 下岗

每個時代都会泛起一些泡沫
每個泡沫都点燃过一群火
每群火都烧死过一些灵魂

马克思 列宁 高尔基 托尔斯泰
荷馬 亚里士多德 孔子 凡高
弗洛伊德 康德 里尔克 金斯堡

每個時代的人
脚下都流动着一些漩涡
每個時代
都有一些名字啃掉了我们的骨头

青铜鼎 校场 指南针 木馬流車
杯子 麦子 锄头 犁 箩筐 闹钟
咖啡馆 衣服 扁担 草帽 摇头丸 电脑

每個時代都会飞舞起一些闪亮的镰刀
每個時代都有一些詞最终把我们埋葬

1998.12.17于安徽合肥

為余丛先生70后
詩人手迹展而書
魏克

魏克：《红色词语》

青铜鼎　坟场　指南针　木马流车
杯子　麦子　锄头　犁　萝箩　闹钟
咖啡馆　衣服　扁担　草帽　摇头丸　电脑

每个时代都会飞舞起一些闪亮的镰刀
每个时代都有一些词最终把我们埋葬

《见字如面·70后诗人手稿展》的诗集展台（游坚/摄）

吴幼明

1996的人们

这些每天都要碰见的人

　　黑夜哭泣
　　白昼兴奋

躲在阴影里含糊地发笑

红色的眼睛看不见希望
我早已不是黑白分明的孩子

吴幼明，1974年出生于湖北省黄石市。2000年创办文学民刊《水沫》，曾在《大家》、《小说界》、《天涯》《滇池》、《新大陆》、《撒娇》、《南方周末》等刊物上发表过小说、诗歌、评论等。

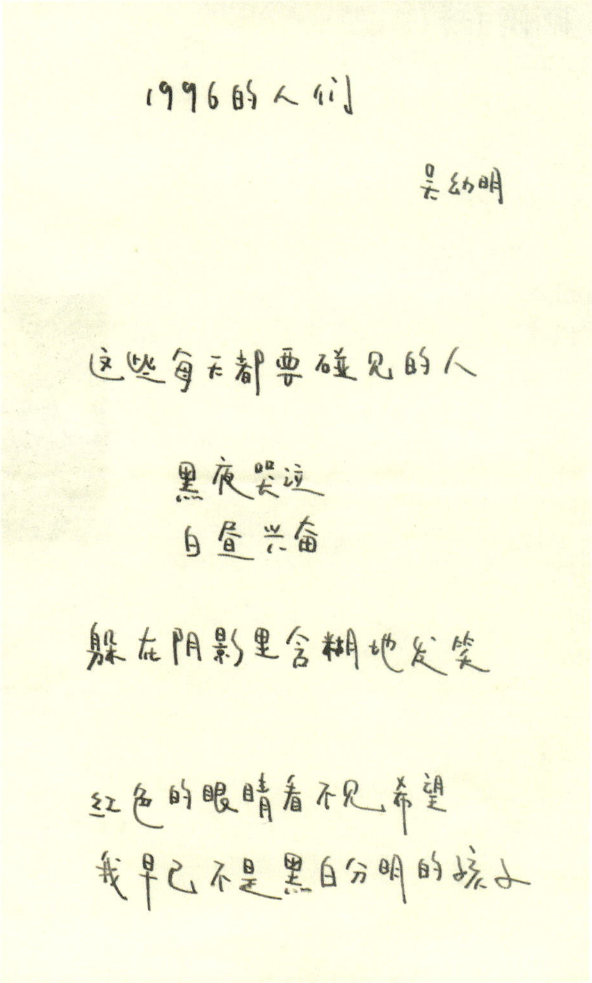

1996的人们

吴幼明

这些每天都要碰见的人

黑夜哭泣
白昼兴奋

躲在阴影里含糊地发笑

红色的眼睛看不见希望
我早已不是黑白分明的孩子

吴幼明：《1996的人们》

谢湘南

晒筷子

筷子长了霉
抓筷子的手指长了霉
十指连心，心也要长霉
好在太阳出来了
太阳多明亮啊
炽热的太阳照出一把筷子影儿

在南方
潮湿也有如影相随的秘密
与太阳此消彼长
筷子的身体
人的心
都是道具

谢湘南，1974年生于湖南乡村。1993年开始写诗，1997年参加《诗刊》社『第14届青春诗会』。2000年个人诗集《零点的搬运工》入选『21世纪文学之星丛书』出版。曾获第七届广东省鲁迅文学奖，2012年出版长诗选集《过敏史》。现居深圳。

晒筷子

筷子长了霉
抓筷子的手指长了霉
十指连心，心也要长霉
好在太阳出来了
太阳多明亮啊
炎热的太阳照出一把筷子影儿

在南方
潮湿也有如影相随的秘密
与太阳此消彼涨
筷子的身体
人的心
都是道具

谢湘南

2006.6.24

谢湘南：《晒筷子》

轩辕轼轲

收藏家

我干的最得意的
一件事是
藏起了一个大海
直到海洋局的人
在门外疯狂地敲门
我还吹着口哨
吹着海风
在壁橱旁
用剪刀剪掉
多余的浪花

轩辕轼轲，1971年生于山东临沂。1999年和友人创办民刊《中间》，2000年参与『下半身』诗歌运动，作品入选多种选本。新世纪先锋诗歌代表诗人之一。

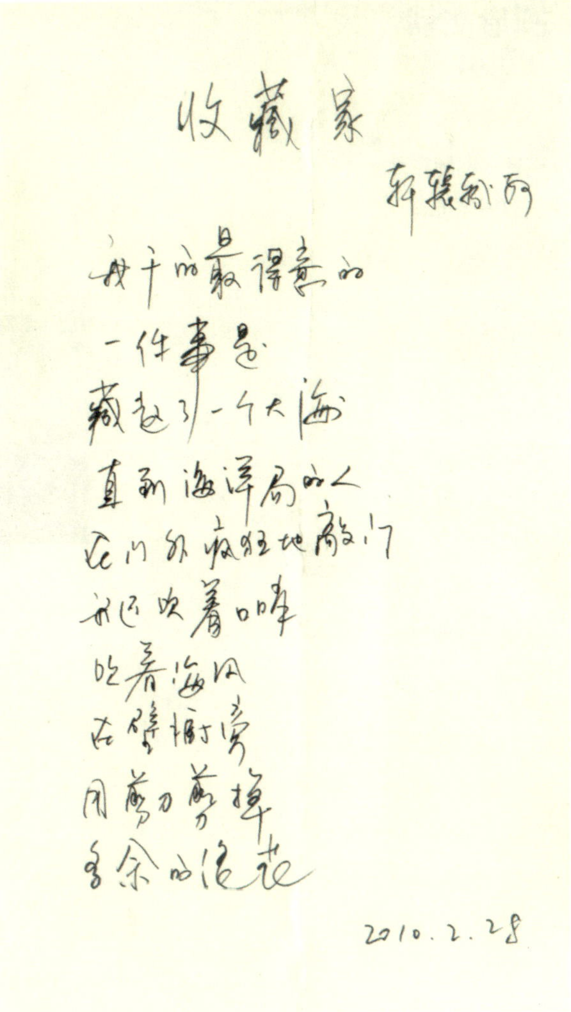

收藏家

轩辕轼轲

我干的最得意的
一件事是
藏起了一个大海
直到海洋局的人
在门外疯狂地敲门
我还吹着口哨
吹着海风
在躺椅旁
用劳力劳掉
多余的浪花

2010.2.28

轩辕轼轲：《收藏家》

阎　逸

圆形文献

看不见女高音的胸脯在歌剧中起伏。
所有回声里的疼痛难忍，
嗓子是最微弱的。

钢琴在黑夜里弹奏着白发，
夜尽头的掌声即使打着追光也追不上
一只聋子飞翔的耳朵。
即使听，也听不见狂风暴雨
刮到词的深处。

坐在一个圆的肉身世界里，
事物环绕有如手臂高举。

阎逸，1973 年生于哈尔滨市，20 世纪 90 年代初期开始写作。主要作品有长诗《猫眼睛里的时辰》、《冬季随笔》、《电影故事》、《巴黎书信》等，著有小说《你站在镜子里究竟看到了什么？》、《一个暗红色故事的开始》等。

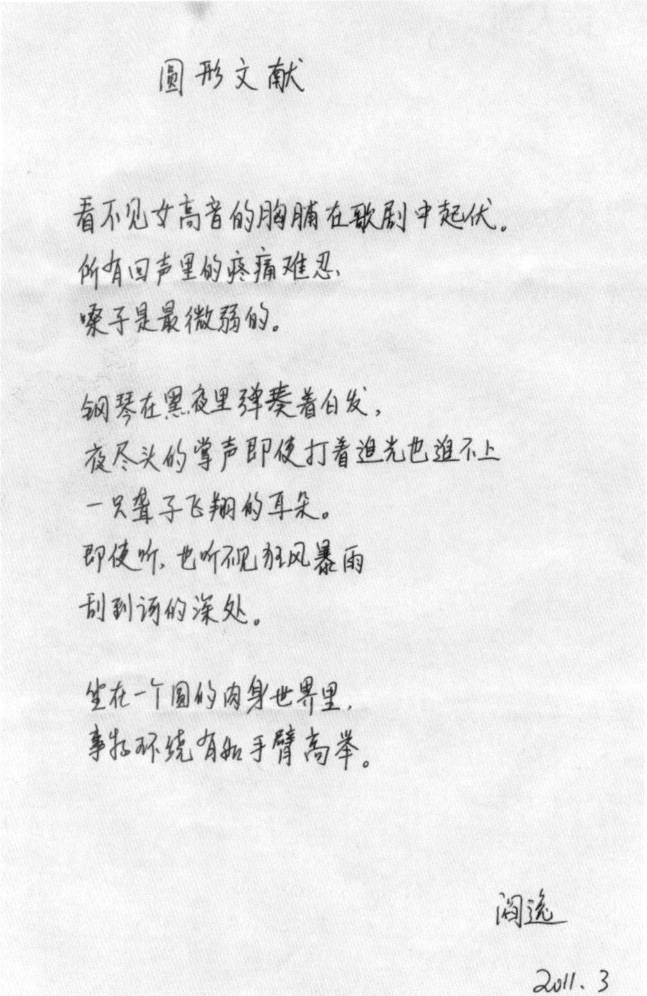
圆形文献

看不见女高音的胸脯在歌剧中起伏。
所有回声里的疼痛难忍，
嗓子是最微弱的。

钢琴在黑夜里弹奏着白发，
夜尽头的掌声即使打着追光也追不上
一只聋子飞翔的耳朵。
即使听，也听不见狂风暴雨
刮到诗的深处。

坐在一个圆的肉身世界里，
事物环绕有如手臂高举。

阎逸

2011.3

阎逸：《圆形文献》

燕　窝

诗人颂

我们幕天席地
在雨水中举杯
不伤害，不赞美
从此把杯酒称呼为祖国
从此关心低地里的人民

燕窝，客家人，现居广州。1998年上网，1999年开始新诗写作，2006年1月出版诗集《恋爱中的诗经》，混迹于各诗歌网站网刊。没有诗观。

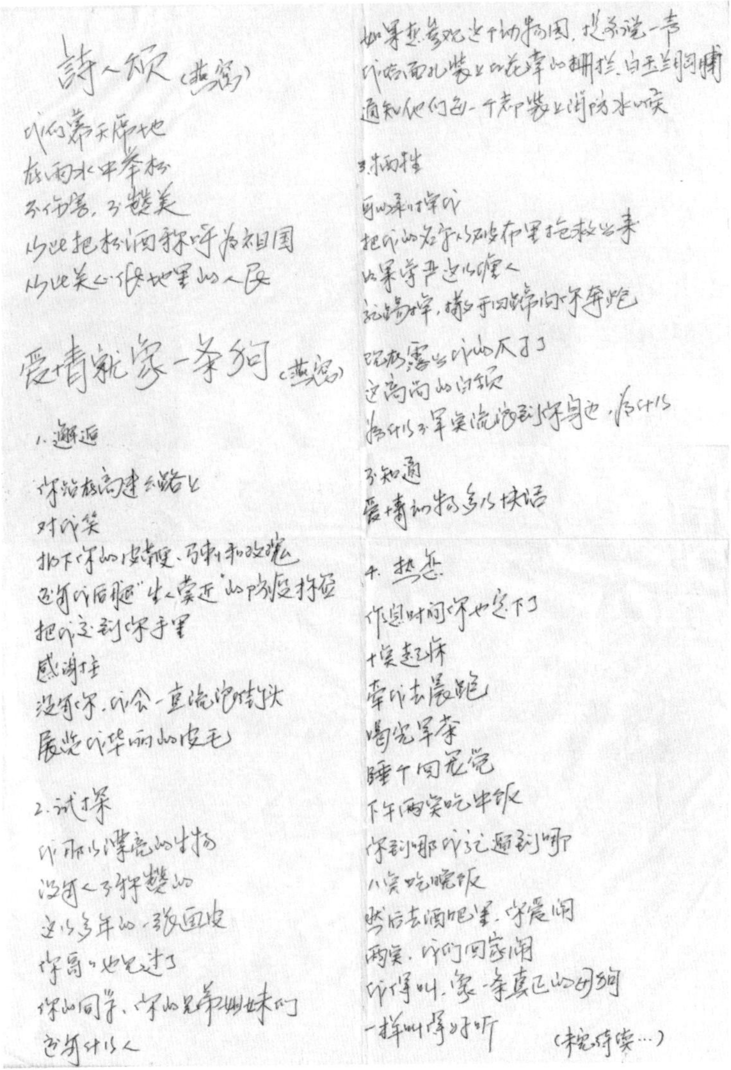
诗人颂（燕窝）

我们幕天席地
在雨水中举杯
不伤害，不赞美
以此把杯酒称呼为祖国
以此关心俯地里的人民

爱情就像一条狗（燕窝）

1. 邂逅

你站在高速公路上
对我笑
扔下你的皮鞭、马刺和玫瑰
还有我后腿"[illegible]靠近"的防疫标签
把我送到你手里
感谢主
没有你，我会一直流浪街头
展览我华丽的皮毛

2. 试探

我那么漂亮的生物
没有人不[illegible]的
这么多年的一张画皮
你哥哥也见过了
你的同学、你的兄弟姐妹们
还有什么人
如果想参观这个动物园，提前说一声
我给面孔装上的花草的栅栏，白玉兰的门楣
通知他们每一个都装上消防水喉

3. 牺牲

再次剥开我
把我的名字从破布里拖救出来
如果学着这么懂人
就端好架，撒开四蹄向你奔跑
既然露出你的爪子了
这高尚的讨饭
为什么不早点流泪到你身边，为什么
不知道
爱情和狗多么快活

4. 热恋

休息时间你也定下了
七点起床
牵我去晨跑
喝完早茶
睡个回笼觉
下午两点吃午饭
你到哪我就跟到哪
八点吃晚饭
然后去酒吧里，你爱闹
两点，我们回家闹
我像叫，像一条真正的好狗
一样叫得好听 （未完待续……）

燕窝：《诗人颂》

杨 典

诳

寂静是尖的
有点硬，像一句得罪人的话

寂静还有强弱
节奏和音准。如蜂鸟翅
如眉头、如宋琴
寂静甚至有大振幅
每秒1千万次

寂静是被你挂掉的电话
打电话的人你认识

书死了。窗外的
雪、风与车灯在无声地打架
寂静是弯的

杨典，1972年生于重庆，后居北京。作家、古琴家、画家、职业编剧。出身音乐世家，自幼随父学习音乐。1981年开始学习绘画。1987年开始写作并发表作品。著有诗集《花与反骨》、《禁诗》、《七寸》、《异端少年诗》等。

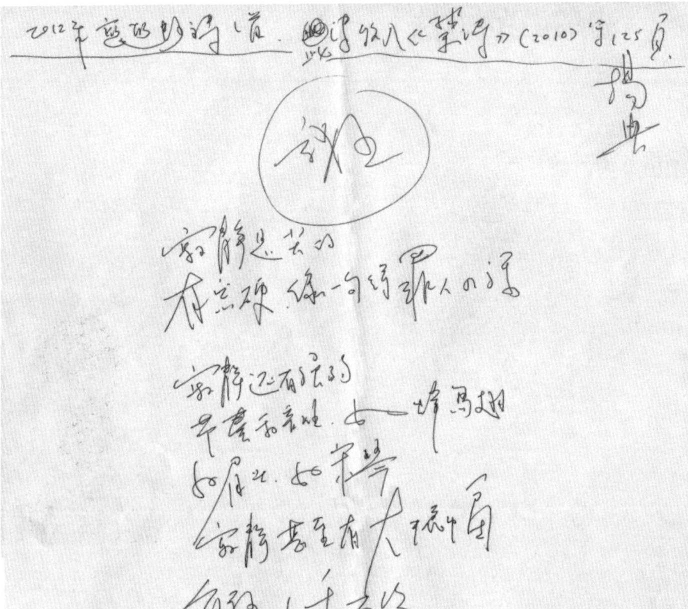

杨典：《诳》

杨　拓

渍酸菜的方法

我把白菜用刀切开
放进缸里
添入水，撒上盐
压上大石块……

杨拓，1971年生于黑龙江省。在俄罗斯当过近十年的『倒爷』。在北京人民文学出版社做过十余年编辑。1995年与诗人杨勇创办民间诗刊《东北亚》。曾出版诗集《中途》一部。现居北京，从事中国书法、绘画的研究与创作。

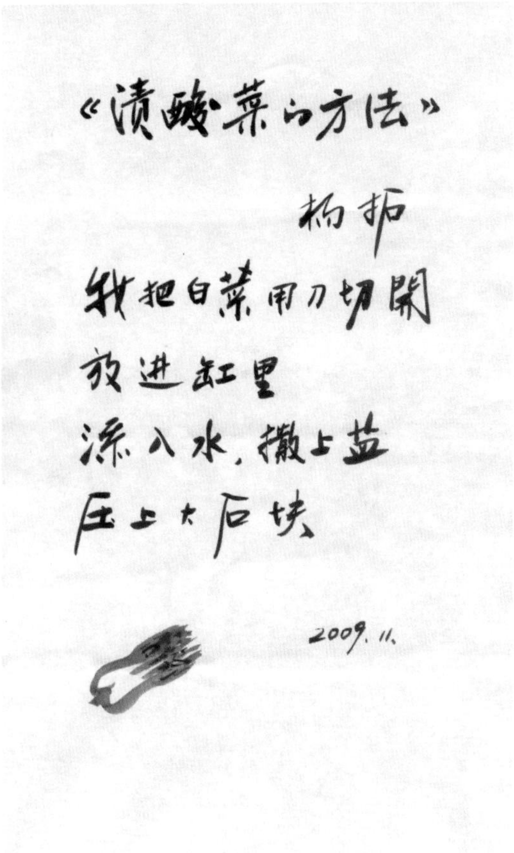
《渍酸菜的方法》

杨拓

我把白菜用刀切開
放进缸里
添入水，撒上盐
压上大石块

2009.11.

杨拓：《渍酸菜的方法》

杨　邪

迷　宫

我一直在构筑，一座迷宫

它简单，简单到
你几乎可以，直来直去
它平常，平常到
你甚至可以轻视，鄙夷

当然它又是繁复的，它将用
这简单与平常，困住
一些迷恋者
一些敬畏者

许多年来，我一直在构筑
这想象中的装置
——它首先，困住了我自己

杨邪：1972年生于浙江温岭。诗歌作品散见于国内外刊物和多种选本。著有诗集《非法分子》。曾获台湾第二十三届『时报文学奖·新诗奖』等多种文学奖。现居家写作。

杨邪

迷宫

我一直在构筑，一座迷宫

它简单，简单到
你几乎可以，直来直去
它平常，平常到
你甚至可以轻视，鄙夷

当然它又是繁复的，它将用
这简单与平常，困住
一些迷惑者
一些敬畏者

许多年来，我一直在构筑
这想象中的装置
——它首先，困住了我自己

2010.11.18

杨邪：《迷宫》

杨　勇

母　亲

几株婆婆丁，黄色小花，摇曳在她的房前屋后
黄昏，我看见土墙边又有许多人，打白伞走了
我回来，从繁华的城市回到空荡的院落和杨树下
晚秋霜降，我围着头发又白了的母亲转
我关掉了手机，帮她收秋白菜，土豆和萝卜
我没有饭局，没有会议，没有写作
两脚沾着院子里的泥，走来走去
像一只麻雀，像一片落叶

杨勇，1970年，出生于黑龙江省密山市某乡村，现居中俄边境绥芬河市。著有诗集《变奏曲》、《点灯》、《日日新》，与友人杨拓编有大型民间诗刊《东北亚》。

母亲

杨勇

几株婆婆丁，黄色小花，摇曳在她的房前屋后
黄昏，我看见土墙边又有许多人，打白伞走了
我回来，从繁华的城市回到空荡的院落和杨树下
晚秋霜降，我围着头发又白了的母亲转
我关掉了手机，帮她收秋白菜，土豆和萝卜
我没有饭局，没有会议，没有写作
两脚沾着院子里的泥，走来走去
像一只麻雀，像一片落叶

2007/8

杨勇：《母亲》

姚　彬

幻：花下死

我在花下等你，等你到死
像当年你二姨在河北等待江苏的春光

我文化不高，用有限的汉字表达唐宋的高潮
你在更近的清朝种植鸦片，季节的偏房
我有过美女如云的日子，而今有的嫁人
有的回到前朝，有的干脆美丽死了

我死在了花下，你还在情书的途中做小妾
我的死循环往复，像当年死囚等待帝国的灭亡
泥土抓住我的皮肤不放，它要让春风得意成为
　新世纪的反面教材
你刻苦地奔跑在途中，一日一日地远离人群
认真地教草木把花朝反方向开，让波涛
　在地下汹涌

我在花下等你，等你到死
等你把死取走

姚彬，1972年生，重庆涪陵人。在《诗刊》、《大家》、《星星》、《诗选刊》等刊发表诗歌500余首。作品入选《中国新诗年鉴》、《中国诗歌精选》、《中国诗选》等选本。出版诗集《重庆，3点零6分》、《逍遥令》、《姚彬诗选》。获第二届巴蜀青年文学奖。

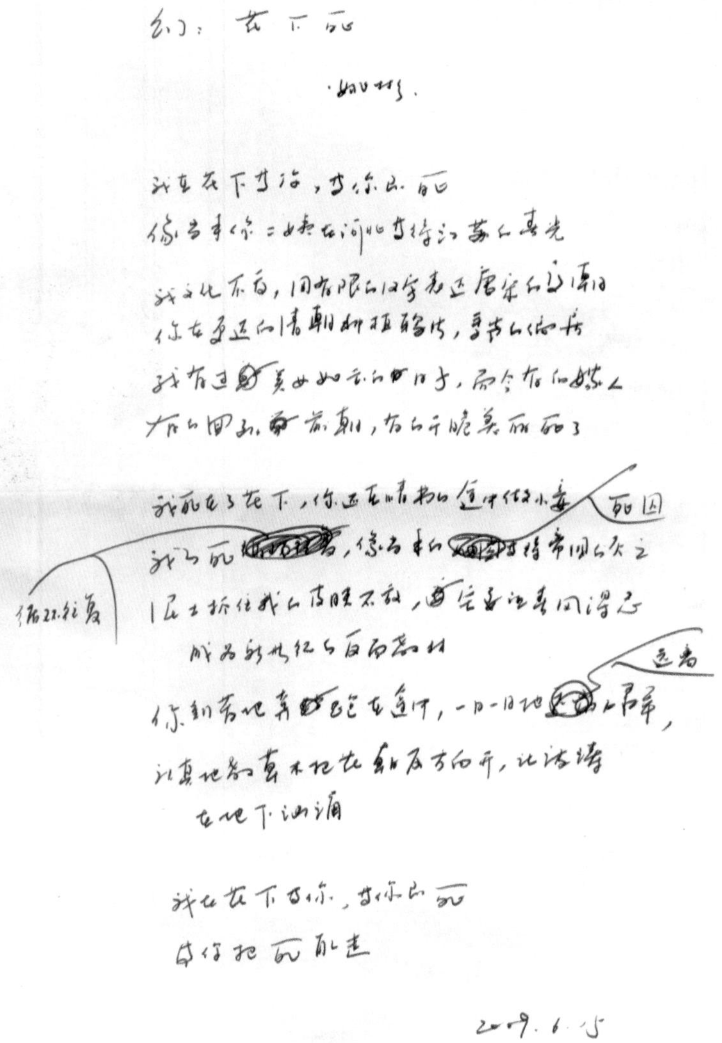

姚彬：《幻：花下死》

叶　来

雾　镇

在东禅寺
小尼的神色是悲伤的
像流水一样
在山腰下
静静地流淌
不及松果落地
发出的声响
夜虫吃着笋叶
镇上的灯光
一点点
灭去
老尼过来拍着小尼的手
嘱咐她
磨破的鞋子
睡前缝补一下

叶来，男，20世纪70年代生人，生于福建三明，现居厦门。2002年与友人创办《诗三明》诗歌论坛及纸刊。2010年10月，于厦门创立民间独立诗刊《靠近》。

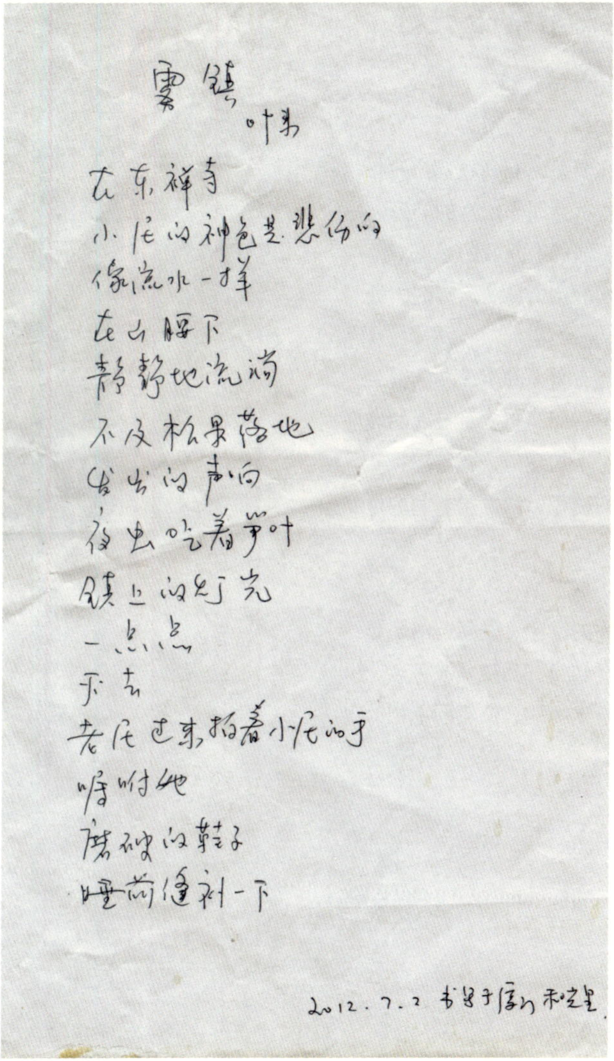
雾镇

叶来

在东禅寺
小尼的神色是悲伤的
像流水一样
在山脚下
静静地流淌
不及松果落地
发出的声响
夜虫吃着茶叶
镇上的灯亮
一点点
灭去
老尼过来拍着小尼的手
嘱咐她
磨破的鞋子
睡前缝补一下

2012.7.2 书写于厦门和光里

叶来：《雾镇》

余　丛

常常十二行

常常在梦里，有一颗羞愧的心
而清醒，摆明了俗世的屏障
常常扮演的，是我的小丑
这虚构的剧情，若云雾的去处

常常怀有爱，却生无端的恨
我在书本间，折一页灵魂的坡度
常常是不知趣的，我绝望
人情的捷径，散发出名利的虚光

常常不屑于泪，不屑于马甲
黑暗中的欲望，是猛兽的阴影
常常要转身，为现实戒色
我的清水衙门，道不同不相为谋

余丛，1972年出生，江苏灌南县人。著有诗集《诗歌练习册》、《被比喻的花朵》，随笔集《疑心录》，编有诗选集《黄金在天上舞蹈：中山先锋诗十四家》。现居广东中山，自由写作。

常常十二行

余丛/诗

常常在梦里，有一颗羞愧的心
而清醒，摆明了俗世的屏障
常常扮演的，是我的小丑
这虚构的剧情，若云雾的去处

常常怀有爱，却生无端的恨
我在书本间，折一页灵魂的坡度
常常是不知趣的，我绝望
人情的捷径，散发出名利的虚光

常常不属于泪，不属于马甲
黑暗中的欲望，是猛兽的阴影
常常要转身，为现实戒色
我的清水衙门，道不同不相为谋

2010.4.7

余丛：《常常十二行》

宇　向

街　头

顺便谈一谈街头，在路边摊上
喝扎啤、剥毛豆
顺便剥开紧紧跟随我们的夏日
它会像多汁的果实，一夜间成熟
又腐烂。在夏季

顺便剥开紧紧跟随我们的往事
还有那些黑色的朗诵
简单的爱
就是说，我们衣着简单，用情简单
简单到　遇见人
就爱了

顺便去爱　一个人
或另一个人，顺便
把他们的悲伤带到街头

宇向，70后诗人。曾获『柔刚』、『宇龙』等诗歌奖。作品被翻译成英文、法文、葡萄牙文等。著有诗集《哈气》、《女巫师》、《低调》等。绘画作品参加『修辞——当代诗人绘画展』等展览。现居济南。

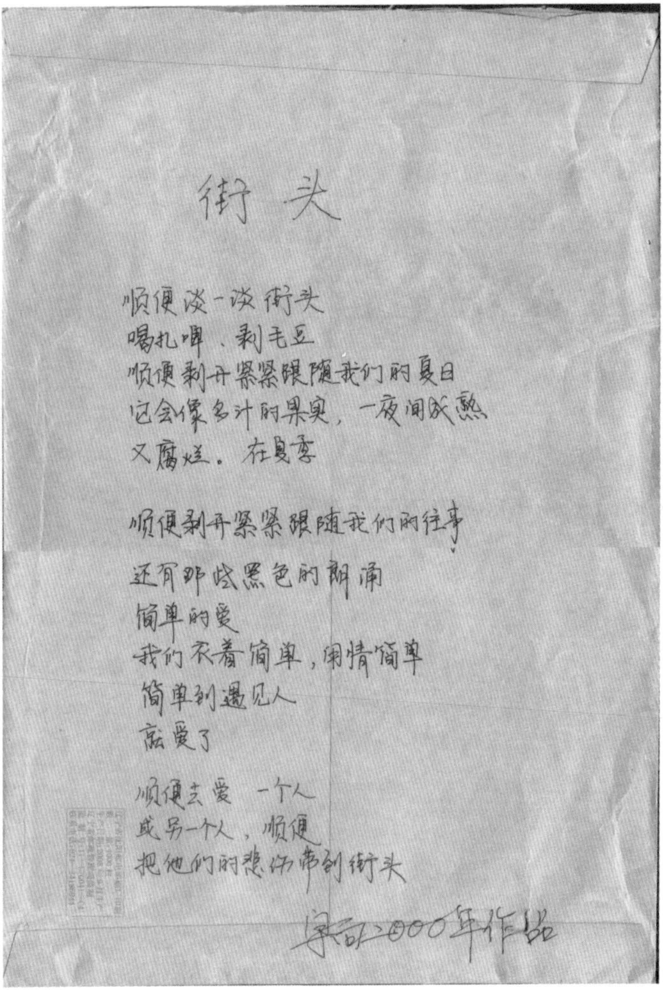

街头

顺便谈一谈街头
喝扎啤、剥毛豆
顺便剥开紧紧跟随我们的夏日
它会像多汁的果实，一夜间成熟
又腐烂。在夏季

顺便剥开紧紧跟随我们的往事
还有那些黑色的朗诵
简单的爱
我们衣着简单，闲情简单
简单到遇见人
就爱了

顺便去爱 一个人
或另一个人，顺便
把他们的悲伤带到街头

宇向2000年作品

宇向：《街头》

羽微微

墓志铭

这是我的最后简介。我希望更简短一些。洁白的
大理石碑上，除了名字、性别、时间
还应该有一句什么？
如果你没有其他的想法
我建议就写上：
她曾深深爱过及被深深爱着

其中的“深深”
不要省略

羽微微，女，20 世纪 70 年代末生于广东茂名。2003 年 12 月触网写诗至今。作品见《诗刊》、《人民文学》等。

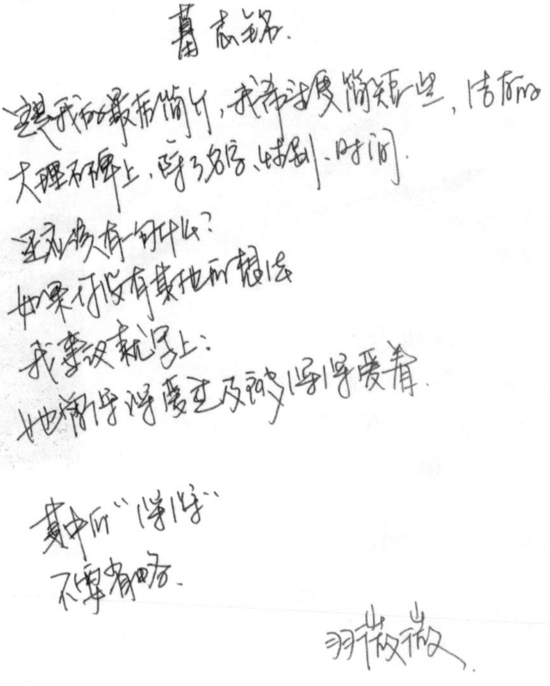
墓志铭

这是我的最后简介，我希望它更简短些，洁白的
大理石碑上，除了名字、性别、时间。
还需要有一句什么？
如果你没有其他的想法
我建议就写上：
她曾浮浮爱过及许多浮浮爱着。

其中的“浮浮”
不要省略。

羽微微。

羽微微：《墓志铭》

育　邦

夜读《老子》

他从北方来
秉承风的习性
潜入黑夜，藏匿在背街的楼道中
夤夜修习虚空之术
凌晨，他拿起笤帚
仔细清扫人们活动制造的遗迹
——痰，粪便，和面具
当正午的太阳迫使他的影子隐到自身之时
他想起一个关于重玄的玩笑
于是他就拿起一张洁白的复印纸
折一架纸飞机
他折得很慢，折了很久很久
直到净月当空
他才乘上纸飞机
在暧昧的月光下飞翔
留下隐喻

注：重玄：即玄之又玄。

育邦，1976年生，从事诗歌、小说、文论的写作。著有小说《身份证》、《再见，甲壳虫》，诗集《体内的战争》、《忆故人》。现居南京。

夜讀《老子》

他从北方来
秉承风的习性
潜入黑夜，藏匿在背街的楼道中
整夜修习虚空之术
凌晨，他拿笤帚
仔细清扫人们活动制造的遗迹
——痰，粪便，和面具
当正午的太陽迫使他的影子隐到自身之时
他想起一个关于重玄的玩笑
于是他就拿起一張洁白的复印纸
折一架纸飞机
他折得很慢，折了很久很久
直到净月当空
他才乘上纸飞机
在暧昧的月光下飞翔
留下隐喻

2010年1月26日
育邦

育邦：《夜读〈老子〉》

远　人

早上或傍晚的草坪

很可惜我不能停下来
那两只鸟，在草坪上鸣叫
我确信它们是在叫我
希望我加入到它们中间

这使我忽然感到羞愧
因为它们友好、善良
在早上的第一个时刻
让我的心情开始愉快

我真喜欢它们的眼睛
在白色的绒毛后面转动
像圆圆的糖，我猜想
那正是它们亲密的原因

最能看清的，是它们的羽毛
一模一样，一层褐色下面
是一层更深的褐，只在尾尖
露出两条发亮的深蓝

它们一定很远就看见我
于是在草坪上飞起来
它们飞向我，从喉咙里

远人，20世纪70年代出生于湖南长沙，17岁发表处女作，有诗歌、小说、评论、散文等400余件作品散见于海内外20余家报纸杂志及十余种年度最佳诗歌选本。出版有长篇小说《伤害》、《秘道》。现供职于湖南省作家协会。

早上或傍晚的草坪

远人

很可惜我不能停下来
那两只鸟，在草坪上鸣叫
我确信它们是在叫我
希望我加入到它们中间

这使我忽然感到羞愧
因为它们友好、善良
在早上的第一个时刻
让我的心情开始愉快

我真喜欢它们的眼睛
在白毛的绒毛后面转动
像圆圆的糖，我猜想
那正是它们亲密的原因

最能看清的，是它们的羽毛
一模一样，一层褐色下面
是一层更深的褐，只在尾尖
露出两条发亮的深蓝。

它们一定很远就看见我
于是在草坪上飞起来
它们飞向我，从喉咙里
发出我最喜欢听的声音。

可我只能很快路过
当我回转时，时间已是傍晚
草坪上只有石头、树叶
和一个小小的喷泉

但我还是非常愉快
我停下步子，不是寻找它们
我突然发现，一种销声
匿迹的美，我是真的喜欢！

2011年6月10日夜

远人：《早上或傍晚的草坪》

发出我最喜欢听的声音

可我只能很快路过
当我回转时，时间已是傍晚
草坪上只有石头、树叶
和一个小小的喷泉

但我还是非常愉快
我停下步子，不是寻找它们
我突然发现，一种销声
匿迹的美，我是真的喜欢！

《见字如面·70后诗人手稿展》海报（人口手文化/图片）

臧　北

有　赠

我想向你坦白
有几次话到了嘴边
我又不敢
我怕一说出来
你和世界就变了

我只好把它藏在心里
哦
你给我的心原来只是一件容器
无论罪恶还是爱情
它们都害羞地
待在那里

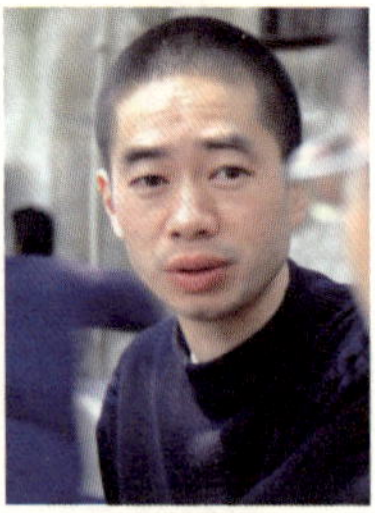

臧北，1977年2月生，江苏泗洪人，现居江苏昆山。著有诗集《有赠》。

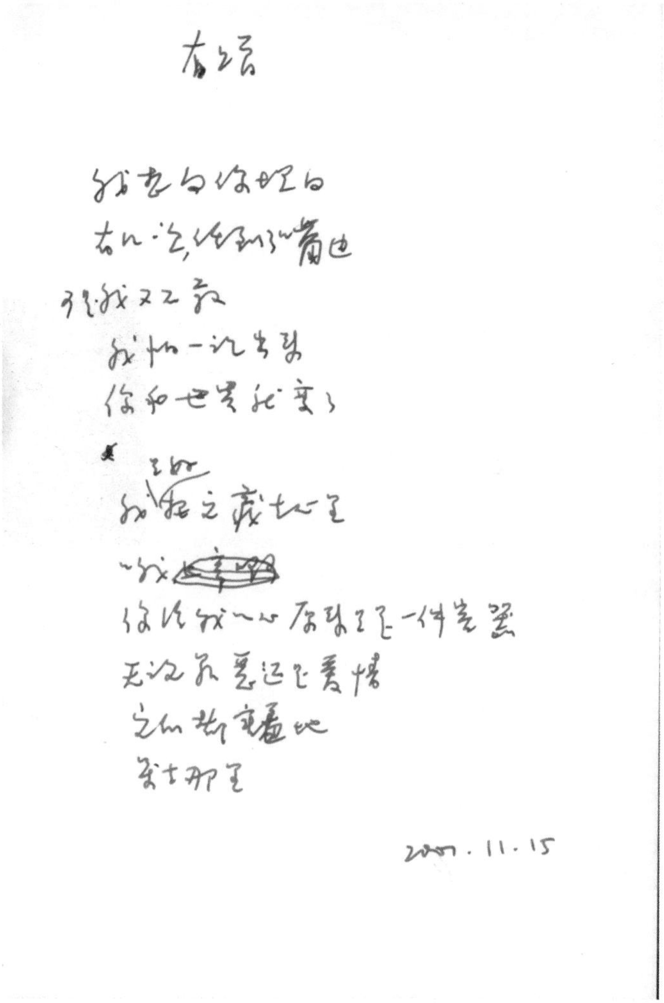
有赠

我要向你坦白

2007.11.15

臧北：《有赠》

张　尔

穿　过

穿过马路，意味着你得崭露另一半脸
挤在人力单车与保时捷蹊跷的碰撞间

穿过马路，再穿过另一条马路，移动
片面的嗅觉掠过银行柜台霉变的印鉴

穿过马路，再穿过另一条马路的马路
从鼠疫中逃脱的鼠背叛了抗争的凌辱

喧嚣暗室，机械懈怠了你的宽敞乳房
溅泼你多愁多云的卷曲如厮磨的身体

穿过雨的马路，突然的沉默引爆愈加
璀璨的抽搐，你溃疡的青春它沦陷了

穿过风的一侧，烂尾的楼宇它沦陷了
诡秘金融捣拾破烂的天空它沦陷了吗

穿过你衣袖领口与防线的底限，穿过
迅雷，马路的桌面腾起你不一般的脸

穿过你的黑发的你自己，你被束缚的
万千，穿过你不动产的孱弱，穿越了

张尔，1976年农历7月生于安徽，狮子座。诗人，定向出版人，文化与艺术活动策划人，现居深圳。2012年创办《诗歌界》杂志，著有诗集《乌有栈》。

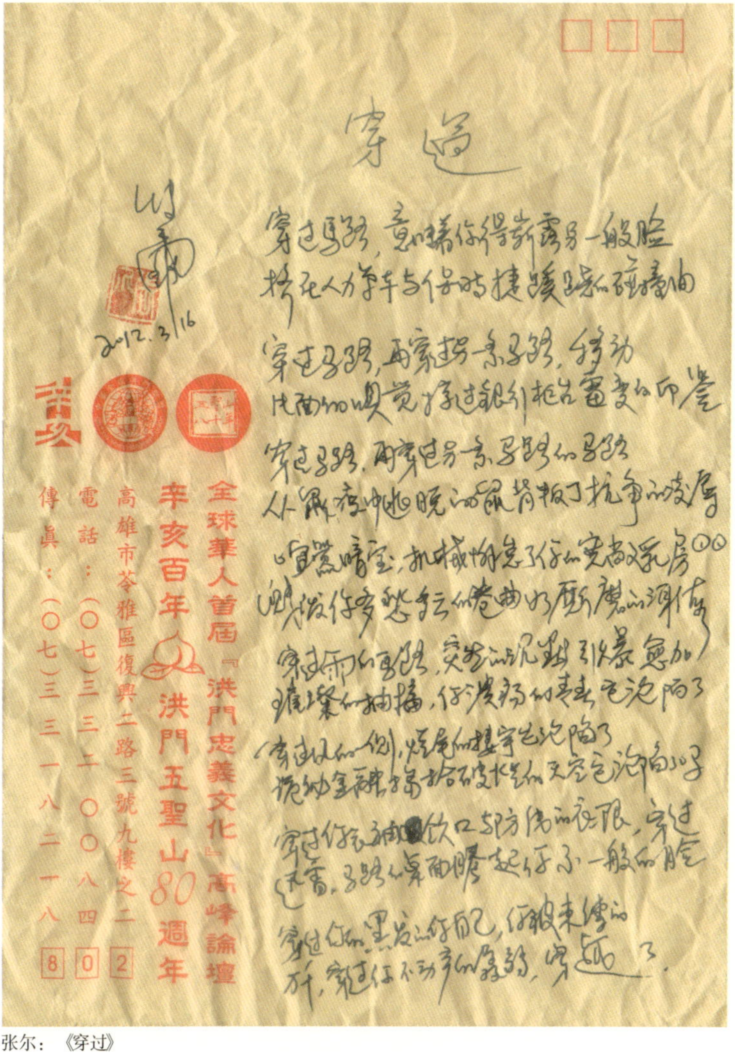
穿過
全球華人首屆『洪門忠義文化』高峰論壇
辛亥百年
洪門五聖山80週年
高雄市苓雅區復興二路三號九樓之二
電話：(〇七)三三二〇〇八四
傳真：(〇七)三三一八二一八
2012.3.16

张尔：《穿过》

赵　卡

每一寸狭窄都是浅薄的

一开始你的喘息是潮湿的，有点慌神
再往下一点保持矜持，那再往下一点呢？
我喊出了你慌乱的名字
噢，原谅我的粗鲁
原谅我热爱你身体里的狭窄
那些暧昧的气味，好像是两个人的
消灭我的欲望
我后悔有点晚了
噢，每一寸狭窄都是浅薄的

赵卡，原名赵先锋，1971年生于内蒙古包头市土默特右旗，诗人，小说和电影爱好者，偶有作品发表，现居呼和浩特。主要作品有《眺望时间消逝》、《厌世者说》、《砖茶史》、《大召》、《蒙地诗篇》等。

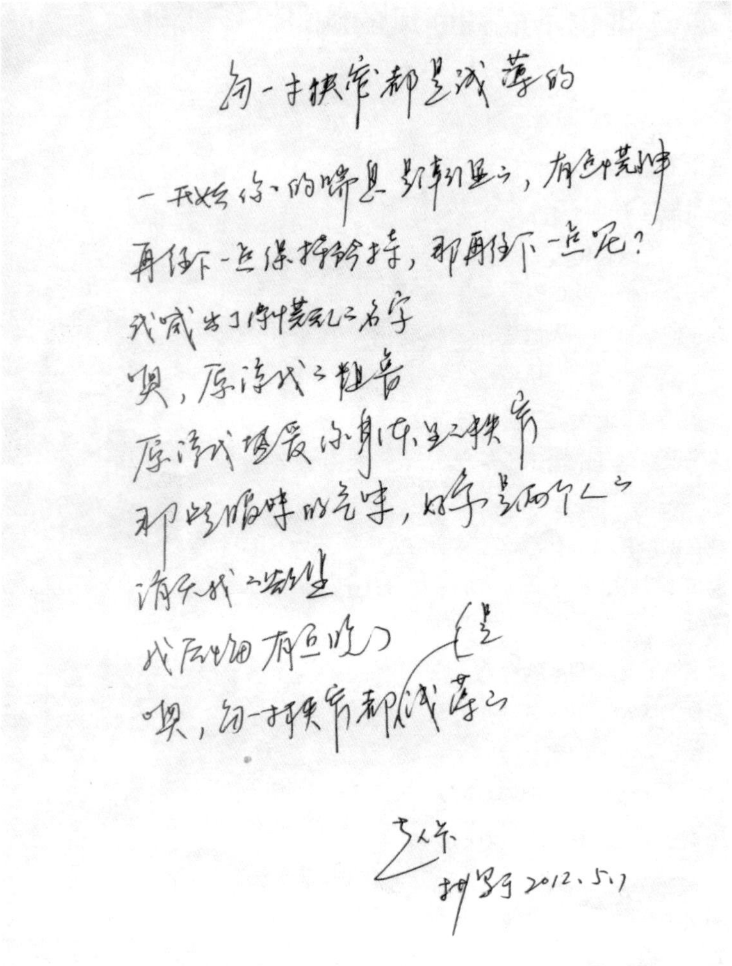

每一寸狭窄都是浅薄的

一开始你们的嘴是封闭的，有点慌神
再往下一点保持矜持，那再往下一点呢？
我喊出了你们慌乱的名字
哦，原谅我的粗音
原谅我增添你身体里的狭窄
那些暧昧的气味，好像是两个人的
消失我的[illegible]
我后悔有点晚了
哦，每一寸狭窄都是浅薄的

赵卡
抄写于 2012.5.7

赵卡：《每一寸狭窄都是浅薄的》

赵卫峰

谁也不能判断风的胸怀

谁也不能判断风的胸怀，不能
轻易指责风的好坏

一场奇异的风吹的奇异，在于回忆
在于回忆里，非人的成分

类似比喻是：美与不美难分难舍
一条颠覆落花的流水不是现在

现在的风夜以继日，就像透明的人
谨慎低于傲慢，只在细节的末梢打秋千

风有耐心等一些事物变软，或变白
帮他们落地、下水、喘气的机会都不得

风运走了梦就不会理做梦的人
风掏空了灵，只留下好看的身体

想风的时候，意味着第三者现身
想人的时候，生动的是表情

在风的怀里，人不说人话
在风的怀里，鸟代人飞

赵卫峰，白族。黔人。生于20世纪70年代。居贵阳。业余写作。著有诗集3部，诗论集2部，民族史集1部。主编出版《中国诗歌研究》、《21世纪贵州诗歌档案》、《漂泊的一代：中国80后诗歌》等及民刊《诗歌杂志》。

谁也不能判断风的胸怀

赵卫峰

谁也不能判断风的胸怀，不能
轻易指责风的好坏

一场奇异的风吹的奇异，在于回忆
在于回忆里，某人的成份

美的也而美：美与不美难舍难舍
季节敲着落花的流水不速记去

天空去的风穿过的街道，它们承受此时的人
谨慎低于激情，只在细节的末梢和手

风帮森林等一些事物安静，或表白
帮他们落地、下水、喘气的机会都不停

风在走了梦想不会理解梦的
风捡到了，只留下她看的身体

想风的时候，意味着第三者在场
想人的时候，生动的表情

在风的怀里，人不说人话
在风的怀里，鸟代人飞

赵卫峰：《谁也不能判断风的胸怀》

周公度

这么好的信

为什么没有人给我写信
写一封这样的信：
信里说法国式的接吻
说春天，小城，和溪水

说亲爱的，亲爱的。
说“秋天很美，很美
旅途有一点点儿
旧信封才知道的疲惫”

说我喜欢你这样的人
说出许多质问和省略号
说“祝好。某某
某城。某年某月日”

周公度，《佛学月刊》杂志主编。1977年10月出生于山东金乡。著有诗集《夏日杂志》、诗论《银杏种植——中国新诗二十四论》等。编辑有《第二届中国国家诗歌节·诗歌专刊》、《2008—2009年度中国最佳诗选》等。

这么好的信

周公度

为什么没有人给我写信
写一封这样的信：
信里说法国式的接吻
说春天，小城，和溪水

说亲爱的，亲爱的。
说"秋天很美，很美
旅途有一点点儿
旧信封才知道的疲惫"

说我喜欢你这样的人
说出许多质问和省略号
说"祝好。某某
某城。某年某月日"

2005.5.26 西安

周公度：《这么好的信》

朱　剑

磷　火

路经坟场
看见磷火闪烁
朋友说，这是
骨头在发光

是不是
每个人的骨头里
都有一盏
高贵的灯

许多人屈辱地
活了一辈子
死后，才把灯
点亮

朱剑，男，1975年生，湖南沅江人，现居西安。长安诗歌节成员之一。著有诗集《陀螺》。

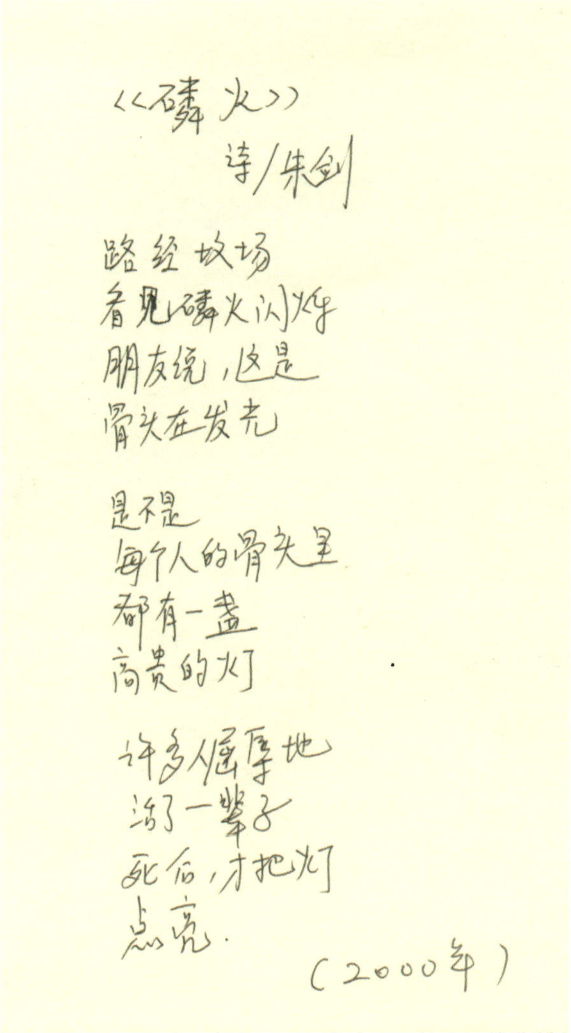

《磷火》

诗/朱剑

路经坟场
看见磷火闪烁
朋友说，这是
骨头在发光

是不是
每个人的骨头里
都有一盏
高贵的灯

许多人憋屈地
活了一辈子
死后，才把灯
点亮。

（2000年）

朱剑：《磷火》